香氛巧廚娘

上

文創風 1165

九葉草 著

風文創 1165

目錄

序文

九葉草

前些日子媽媽出了個小車禍住進醫院，我只能暫時放下工作前去陪病。

媽媽的狀況需要保守治療，所以一週內不能下床，也不能吃喝，只能靠打營養針維持身體機能。身為陪病者，我的任務很簡單，只需要坐在一旁陪著。

同病房的是個身強體健、走路帶風的老太太，說話中氣十足，看起來一點兒也不像病人。跟來照顧她的老先生倒是更像病人，耳朵聽不太見，腳踝因為跑船受了傷，走起路來一瘸一拐。

老太太嫌棄老先生動作慢，讓老先生回家，老先生便憨笑著坐在一旁看著她，也不言語，任由老太太沒好氣地吼他。

醫師或是護理師有什麼交代，老先生也聽不見，所以一切還是老太太自己來，老先生只負責坐在那裡。

……跟我的工作差不多。我們的日常便是我坐長椅這頭，他坐長椅那頭，偶爾視線對上，便相視一笑，畢竟說話他也不怎麼能聽見。

媽媽忍不住小聲跟我說：「這也不知道是誰照顧誰呢。」

老太太也是這麼說的，但老先生無論如何都不肯走，他說：「妳不在家，我回去了也沒意思。」

這下老太太不說話了，只是晚上睡覺時長吁短嘆。

後來，我們才知曉老太太可能得了癌症，雖然家人瞞著她，她自己卻已經猜到了。許是心理壓力太大，老太太有時會情緒爆發，說些「現在這樣有什麼意思，還不如死了算了」的話，老先生便紅著眼睛站在那裡說：「妳能別說這些話嗎？我以後可怎麼辦？」

老先生希望能讓老太太看些短片轉移注意力，但醫院裡沒有網路，他們不敢隨意用手機操作，怕無故扣錢。

我幫他們解決了這件事，他們非常感謝我，直道世上還是好人多。

有時我偶爾抬頭看過去，便看到他們一個坐著、一個躺著，細碎的陽光落在他們身上，總有些不真實感。

後來，媽媽出院了，經過這次短暫的相逢，大家應該不會再見面了，我們笑著道別，然後轉身離開。

這些時日，我總想起他們，想起老先生一瘸一拐跟在行動迅速的老太太身後行走的樣子。

媽媽出院後，倒是變了些許。

她平日口腹之欲並不強，也不喜歡吃外面的東西，但有了躺在病床上不能吃東西也不能喝水的經歷後，她開始嘗試各種美食，並時常感慨道：「其實也挺好吃的。」

我覺得媽媽這樣子挺好的。

人生在世，吃喝二字，除卻生死無大事。所以，我想寫一個關於美食與情感的故事，《香氛巧廚娘》由此問世。

願每個人都能擁有平淡的三餐一宿，願深情不會被辜負，願一切美好如期而至，願所有幸運不期而遇！

第一章 成婚沖喜

初春的天乍暖還涼，南雲村敲敲打打地辦了場喜事——雲家小女兒雲宓嫁給了村東頭齊獵戶家的二兒子齊淮。

雲宓頂著紅蓋頭坐在炕上，悄悄掀了蓋頭的一角，在土炕的另一頭躺著今天的新郎官，齊家二郎齊淮。

她叫雲宓，卻不是真正的雲宓。她穿越了，穿越到一個跟她同名同姓的姑娘身上。這副身體的原主，是村西頭雲家四房的女兒雲宓。

雲宓的爹娘走得早，她便養在大房，雲老大自己有三兒兩女，不缺孩子，自然對雲宓不上心。

不過雲宓能幹，屋裡內外都收拾得齊齊整整，雲老大兩口子便一直沒給她許人家。等到雲宓十六歲時，鄰村一個叫薛丁順的賭鬼偶然見過她一次便瞧上了，上門求親，許諾二十兩銀子的聘禮。

鄉下嫁姑娘能有個十兩、八兩的聘禮就不錯了，這薛丁順一開口便是二十兩，哪怕他是個三十多歲的老鰥夫，雲老大也一口應承了。

然而雲宓卻不願意，這個薛丁順不只好賭，還愛打人，他前頭那個妻子就是被他這麼折磨死的。

可惜想不想嫁由不得雲宓，於是成親前一天的晚上她投河自盡，也就是那個時候現代的雲宓穿了過來，救她的人就是齊獵戶家的二兒子齊淮。

雲宓跳的這條河正好就在齊獵戶家後面，事情發生時齊獵戶不在家，齊淮便跳下水把雲宓救了上來。

兩人在河裡折騰了半天，雲宓上來時衣衫不整，又被同村幾人看到，這件事就這麼傳了出去。

薛丁順知道後找上門來，說雲宓被別的男人給摟了抱了，名聲已毀，聘禮只能給十兩。雲家自然是不樂意，於是雲老大的婆娘呂氏到齊獵戶家門口撒潑打滾，說齊淮玷污了雲宓的名聲，讓齊家拿二十兩聘禮出來娶雲宓。

齊獵戶起先不同意，呂氏就坐在門口哭鬧，後來齊獵戶被煩得沒轍，便拿出二十兩，辦了喜事。

雲宓剛穿過來又落了水，就這麼暈乎乎地上了花轎被抬了過來。

這位齊獵戶是南雲村齊家的老三，名叫齊朗，十多歲便因徵兵入了伍，年前才帶著他的二兒子齊淮回到南雲村。至於他的妻子跟大兒子，據說早就病死了。

齊淮身子不好，整日病懨懨的，吃藥比吃飯還多，自從他回來，雲宓就沒見過他在村裡走動，大家都說他活不長久。

齊朗賺的銀子不只不能幫襯家裡，還全都給他兒子買了藥，齊家另外幾房心裡有疙瘩，大夥兒便分了家，齊朗帶著兒子住到齊家以前的老房子裡。

齊淮下水救了雲宓後就一直昏睡著沒醒過來，齊朗也是抱著為他沖喜的打算才應了婚事。

雲宓身體還有些虛弱，慢慢從土炕的這頭爬到了另一頭，看向躺在那裡的齊淮。這人臉上毫無血色、顴骨凹陷，瘦得可厲害了，沒想到他竟然還跳下水救了自己。

被救的時候雲宓已經穿過來了，因為渾身無力，只能任由齊淮拖著她，但因為齊淮沒幾分力氣，所以兩人在水裡掙扎了好一陣子。

雲宓對他非常感激。她下了炕，拿過杯子倒了半杯水進去，然後從貼身收著的荷包內拿出個巴掌大的白瓷瓶，將白瓷瓶裡的液體倒了三分之一進去——也不知道這水管不管用。

就在雲宓穿越前幾天，身邊出現了一個奇特的空間跟裝著白瓷瓶的荷包。

說是空間也不準確，雲宓進不去，也沒辦法往裡面放東西，但那裡有一汪特別清澈的泉水，只要她一動念，隔兩天，白瓷瓶裡就會自動裝滿泉水。

這靈泉水雲宓喝過，因為常年熬夜造成的體虛好像不那麼嚴重了，不過她還年輕，身體也沒其他問題，所以不知道這水能不能治病。

雲宓不敢給齊淮多喝，怕他承受不住。將水晃勻後，雲宓上了土炕將躺著的人扶起來，把水餵到他嘴邊。

齊淮還知道喝水，雲宓餵得慢，他倒是一點一點把杯子裡的水都喝光了。

雲宓拿起一旁的帕子幫他擦了擦嘴，便坐在一旁環顧起這間屋子——很破舊的地方，屋內除了炕就只有一張桌子和一口箱子，再無其他。

接下來怎麼辦？就這麼盲婚啞嫁了？只是在這個朝代，沒有戶籍和路引，她哪裡也去不了。

在花轎上雲宓就思考過，要是拚了命不嫁，回到雲家也擺脫不了被賣的命運，而這個齊淮能捨命救自己，想必品行不壞，如果能給她一個安身的地方就再好不過了。

只不過這樁婚事齊淮畢竟不知曉，而且一口氣花了二十兩銀子……雲宓不知他會怎麼想。

忽然間，雲宓的手腕被一隻手攥住，她嚇了一跳，下意識想甩開那隻手，卻被抓得更緊了，下一刻，原本躺在那裡的人突然翻身而起，一個用力將雲宓壓在炕上，她本能地想要喊叫，反被他用另一隻手捂住了嘴巴。

雲宓瞪大眼看著面前眉頭緊鎖、閉著雙眼的人，這是醒了還是沒醒？

她試探著抬起還能活動的右手想推開身上的人，齊淮倏地睜開了眼睛。

這是雲宓第一次見到這種銳利且帶著鋒芒的視線，有一瞬間，雲宓覺得他可能會殺了自己，但他沒動，只是靜靜看著她，似是在判斷著眼前是何種形勢。

「你、你醒了？」雲宓壓低嗓音問道，生怕聲音大了嚇著他。

聽到雲宓的聲音，齊淮眼中的厲色漸漸褪去，然後露出一絲迷茫。

雲宓見狀，小心翼翼伸出手指輕輕戳了他一下，就見齊淮突然軟了身子撲倒在她身上。

「媽呀……」雲宓被他砸得悶哼一聲。

新婚之夜，新娘被新郎壓得窒息身亡，放在現代是會上頭條新聞的。

雲宓深深吸了口氣，鼻息間是淺淡的藥味，並不難聞。她推了身上之人一把，但可能是這個姿勢不好使力，沒能推動。

「抱、抱歉。」齊淮硬撐起身體翻到了一旁，接著躺在那裡劇烈地咳起來。

「你沒事吧？」雲宓忙爬起來，用手在他胸口輕拍，為他順氣。「別急、別急，緩一下。」

齊淮好不容易緩過勁來，虛弱地喘了口氣，視線落在雲宓身上——大紅的衣裳，是婚服，而自己身上也一樣，這是在……成親？

「我們……」齊淮指了指雲宓，又指了指自己。「嗯？」

雲宓有些尷尬，正不知道該如何解釋時，內屋的門被敲響。

「可是二郎醒了？」是齊朗的聲音。

救星來了，雲宓忙道：「是啊，醒了。」

「那我進來了。」齊朗推開門，看到清醒的齊淮，激動道：「真的醒了，沖喜果然有用！」

「沖喜？」齊淮眉頭蹙得更深了。

齊朗看了雲宓一眼，她識趣地下炕走了出去，並體貼地將門關上。

屋內，齊朗將雲宓的事情說了一遍，然後小聲道：「我本來不同意的，但我想著你這病一直不見好，沖沖喜說不定就能沒事，所以應下了。」

「爹您……您真是糊塗啊……」齊淮想說些什麼，但木已成舟，一切都晚了。

齊朗乾笑一聲道：「你若不娶雲娘，她就完了，名聲已毀，雲老大兩口子也不是她親爹娘，為了錢不知道會把她賣到哪兒呢。」

「而且……」齊朗一臉憨笑。「剛成了親，結果你就醒了。」

齊淮心想他以前也沒有整天昏迷，這次會這樣，不過是因為落了水。

「罷了。」齊淮無奈。「您把她叫進來，我跟她說幾句話。」

齊朗出來喊了雲宓，她有些忐忑地推開門走了進去。

見雲宓進來，齊淮抬起了頭，兩人的視線在半空中交會。

齊淮很瘦，一副病骨，但眉眼生得極佳，若是身體養好了，應該是一副俊朗風姿。

雲宓定了定神，剛想開口，齊淮便忍不住咳了起來，雲宓忙走過去為他拍背。

齊淮用帕子掩在嘴上，拿下帕子時雲宓看到上面沾染了血跡。瞧齊淮平靜的模樣，顯然這種情況不是第一次了。

「你沒事吧？」雲宓端了杯子給他，齊淮接過杯子漱了漱口，雲宓又拿過一旁的漱盂放到他面前，讓齊淮將嘴裡的水吐進去。

「多謝。」齊淮道。

雲宓忙說：「是我要謝你，謝謝你那夜救了我，要不是因為我……」若不是因為落水，他病情應該不會如此嚴重。

齊淮搖了搖頭，其實那夜的情形他有些糊里糊塗。之前他一直病著，偶爾精神好些才能下炕走動一番，最常去的地方就是屋後的河邊。

那夜他像往常一樣在河邊散步，眼看著雲宓跳了下去。

齊淮是想救她的，但這副身子跳下水……別說救人，估計自己先沒了命。他沒有這麼不自量力，於是想找根樹枝過去拽人，可不知為何，身體有些不聽使喚，最後直接栽進河中。

他明明病得連走路都費勁，卻不知哪來的力量，硬是拖著雲宓一起上了岸。現在回想起來，齊淮無從解釋，只覺得自己可能是病糊塗了，一時情急跳下水也不是不可能。

「舉手之勞而已。」齊淮面色蒼白，說完一句話總要停一會兒才緩緩道下一句。「這樁婚事，妳可有不願？」

雲宓先是沒弄明白他為什麼會這麼問，細想之下才反應過來，他應該是怕自己再跳一次河吧。

「不不不！」雲宓忙搖頭。「這次不跳了，活著挺好。」

齊淮心頭鬆了些，雲宓之前尋死就是為了擺脫婚事，而眼前這樁婚事似乎也是被強迫的，若是她再跳一次河，就是自己害了她。

「我這身子妳也看到了，成親只會拖累妳，若我當時清醒，定不會同意的。」

雲宓不知道該說什麼，如果齊淮不同意，她現在可能已經被以十兩銀子嫁給薛丁順，也說不定會被用高一些的價格賣給別人，相比之下，嫁到齊家應該是最好的結果了。

雲宓想著，忍不住嘆了口氣。無論齊淮是出於身體的因素不想娶，還是因為看不上自己，本質上都算是被呂氏道德綁架了。

雲宓看著他，小心翼翼地問道：「所以，你是要休了我嗎？」

齊淮無語回望她，婚書都簽了，若是休了她，這小姑娘以後的日子怕是無法過了。

雲宓觀察著齊淮的神色，見他真不像要休了自己的樣子，不禁鬆了口氣……她也真的是走投無路了。

「我知道這樁婚事非你所願，但請你相信，不是我讓大伯母逼著要嫁給你的，你救了我，我是很感恩，我……」雲宓不知道該怎麼解釋，怕齊淮誤會她死纏爛打，畢竟她還得在齊家生活，一進來就有疙瘩可不好。

「我爹……」齊淮覺得有些難以啟齒，卻還是道：「是想讓妳給我沖喜的，所以妳……唉。」說到最後他也嘆了口氣。

兩人一對視，眼中好像都有那麼點兒無可奈何。事已至此，說再多似乎也沒什麼意義了。

紅燭下，沈默的時光不斷流逝，直到雲宓的肚子發出「咕咕咕」的叫聲。

齊淮看向她，雲宓尷尬一笑道：「你餓了嗎？要不我去給你做點吃的？我廚藝很好喔。」

「那……謝謝了。」齊淮睡了很久沒吃東西，確實餓了。

雲宓像是如獲大赦一般，慌忙走出內屋去了灶間。

灶間裡，婚宴上的飯食都被吃了個乾淨，不過米、麵都有，除了幾樣綠色蔬菜，調味料也算齊全，看著比雲家還要好些。想來也是，齊朗能一口氣拿出二十兩銀子給兒子娶妻，還是有些家底的。

原主的記憶中齊朗頗為能幹，經常進山，別人打不到的東西他都能打到，每次從山裡出來總能帶回野兔、野雞之類的，之所以過得不那麼寬裕，可能是因為齊淮的病，無論哪個時代，看病吃藥都要耗費大量銀錢，那二十兩估計也是攢著給齊淮看病的。

前世爺爺開了家私房菜館，雲宓雖然沒有繼承祖業，但爺爺該教的都教給她了，所以廚房裡的這點事倒是難不倒她。

旁邊盆裡有半隻殺好的雞，應該是齊朗留下給齊淮吃的，但雲宓還是先去內屋問了齊淮。「灶間的東西都能用嗎？我看盆裡有半隻雞，還有些雞蛋……」

「可以。」齊淮點頭。「家裡的東西妳隨便用，不缺吃的。」

他身子不好，齊朗賺來的銀子除了給他看病，其餘全都拿去買食物，想方設法地為他補身體，但他胃口向來不好，吃得不多。

雲宓先燃起了火，她以前沒用過這種土灶，花了很久才把火燒起來。接著將雞肉切成條用鹽和麵粉醃了，粥煮開後將雞肉、香菇與蔬菜放進去一起煮。

煮粥時，雲宓打散一顆雞蛋，倒了一杯溫水往裡面放少許鹽，將溫鹽水倒入蛋液裡充分攪拌後撇出浮沫，放進鍋裡隔水蒸。

齊朗可能是喝了不少酒，正在自己屋內熟睡，門外都能聽到他的鼾聲。

雞肉粥的香味傳出來，雲宓忍不住嚥了嚥唾沫，自從穿越過來後她很久沒吃上一頓飽飯了，而屋內的齊淮也被香味所吸引，竟難得有了想吃飯的慾望。

雲宓將小桌放到炕上，將做好的雞肉粥還有蒸蛋都端了上來。她扶著齊淮坐起來道：「你身體不好，我不敢做得太油膩，都是些清淡的，你嚐一下合不合口味。」

「聞著很香。」齊淮很久沒有過只聞著飯菜香便想吃東西的感覺了。

雲宓將蒸蛋端給齊淮，上頭淋了少許醬油點綴著小蔥，看著就讓人有食慾。

「妳當我是小孩子？」齊淮笑了一下。「怎麼只有一碗？」他已經很久沒有吃過蒸蛋了，上一次吃應該還是在五、六歲的時候。

「這是特地為你做的，你現在就是要跟小孩子一樣吃飯才好。」雲宓不怎麼喜歡吃蒸蛋是真的，可不想浪費雞蛋也是事實。

「家裡吃的方面不成問題，爹養了幾隻雞，雞蛋也夠吃。」齊淮說道。

他咳了幾聲後，才緩緩端過碗舀了一勺蒸蛋放到嘴裡，接著眼睛瞬間亮了一下。這蒸蛋口感嫩滑、入口即化，帶著些鹹鮮，沒有印象中腥氣。

「很好吃。」齊淮毫不吝嗇地讚揚。

蒸蛋只有小半碗，雲宓怕齊淮吃著膩所以做得少，等齊淮胃口開了，又遞給他一碗雞肉粥。雞肉粥清香撲鼻卻不油膩，香菇與青菜分布其中，讓人食指大動。

「小心燙。」雲宓提醒他。

齊淮盛了一勺放到嘴裡，鮮香的粥在嘴裡化開，雞肉絲燉得入了味，加上香菇的鮮味，很是可口。

雲宓見齊淮雖然吃得慢但一直沒停下，終是寬了心，自己也拿過湯匙吃了起來。

雖然這裡的調味品不比現代，但做出來的食物味道還算不錯。兩人這頓飯吃得都挺滿足，尤其是齊淮，也不知是不是自己餓太久產生錯覺，這碗粥比他以往吃過的任何一碗粥都要好吃。

雲宓將小桌收了下去，然後去灶間洗碗，想想以前她可都是用洗碗機跟掃地機器人的，果然是舒服日子過得太久，連老天爺都看不下去，把她扔到這種地方來。

看著夜空中的繁星，雲宓默默許願：諸位神仙，行行好，要是有機會就把我送回去吧，我以後一定日日燒香供奉！

收拾完後已經很晚了，雲宓又煩惱起晚上要怎麼睡？

齊家就三間土屋，齊朗和齊淮一人一間，中間是灶間，這表示她只能跟齊淮睡一間。

雖然男女共處一室不合適，但在這種情況下，身為一個現代人，雲宓並不排斥跟齊淮睡在一個房間裡，況且齊淮那個身子，也確實幹不了什麼……

只是她雖不介意，可齊淮說不定會介意——這麼一想，怎麼還有種她占人便宜的感覺呢？

就在雲宓糾結不已時，屋內傳來一陣輕響，雲宓抬頭就看到齊淮竟然扶著牆走了出來。

雲宓忙過去扶著他道：「你怎麼下來了？」

齊淮實在沒力氣了，藉著雲宓的胳膊撐住了身體。雲宓輕輕皺了下眉，明明他個子那麼高，卻沒有幾分重量。

齊淮輕喘道：「以後我跟爹睡一屋，妳睡我這間。」

雲宓微微愣了愣，有些感動，心道這個人的心是真的挺細的。

「謝謝。」雲宓輕聲道：「齊二哥，你是我的貴人。」

「妳也是我的貴人。」齊淮笑道：「妳做的飯真的很好吃。」

雲宓將齊淮扶到齊朗房間門口，齊淮撐著牆走進去喊了一聲，很快的，齊朗的屋內就燃起了燭火。

片刻後齊朗出來幫忙收拾了齊淮的被褥，還對雲宓道：「櫃子裡有兩床新的被褥，妳拿出來用就好，這裡的東西妳隨意。」

「謝謝爹。」

第二章　巧手製糕

晚上雲宓躺在炕上，睜著眼睛睡不著。

齊家現在的房子又破又舊，齊淮要喝藥，還拿了二十兩來娶她，估計手頭有些拮据……她能做些什麼來賺錢呢？

雲宓翻來覆去難以入睡，而齊淮那裡時不時傳來咳嗽聲，直到後半夜咳嗽聲逐漸轉弱，雲宓也昏昏沈沈地睡了過去。

翌日一早天還未亮雲宓就醒了，原主平日早早就要起來做飯、洗衣，身體自然記住了。

雲宓換了身衣服，這衣服是粗布的，但漿洗得很乾淨，帶著淡淡的木槿葉香味。

出了屋門，雲宓就聞到了一股濃濃的藥香味，循著味道看過去，只見齊朗正坐在院門口煎藥。

雲宓走過去先道早，然後問道：「爹，這藥要怎麼熬？」

「三碗水煎成一碗，早晚各一次。」

「怎麼知道還剩一碗？」雲宓問。

齊朗拿開藥罐的蓋子說道：「這就差不多煎好了。」

雲宓仔細看了一下藥湯的水位，點了點頭說：「我記住了。」

沒多久，齊朗端著藥進了屋，雲宓依著原主的記憶用淘米水和楊柳枝漱洗完後進了灶間。

齊淮身子不好，昨天晚上為他做的也只是些湯湯水水，並不頂餓，長久這麼吃下去也不是辦法。

雲宓思索著怎麼幫他調理一下，她在灶間轉了一圈，仔仔細細看了下家裡有的東西，接著便看到了黃豆。

黃豆啊……雲宓喜出望外，有黃豆，那可以做豆腐了！

剛想到豆腐，眼前就自動浮現那汪泉水，上方顯現出做豆腐的配方，從用料、比例到過程全說得很仔細，是適合這個時代的做法。

雲宓從穿越過來後第一次覺得驚喜。用豆腐發家致富不是每部穿越小說最常用的情節嗎？即便沒有靈泉水透露的配方，她也會做豆腐，簡直是天助我也！她彷彿看到了白花花的銀子不斷飛入口袋。

抑制不住自己的興奮之情，雲宓快步走到齊朗屋前打算敲門，見門開著，雲宓探頭進去，就瞧見齊朗正在餵齊淮喝藥。

雲宓對齊淮笑了笑，說道：「齊二哥，早。」

些。

「早。」天光已經亮了，透過窗櫺落在齊淮蒼白的臉上。

雲宓多看了他幾眼，心想實在是太瘦也太虛弱了，她多做些好吃的，應該能將他養胖一些。

「有什麼事情嗎？」齊淮接過齊朗手裡的藥碗，抑制不住地咳了幾聲。

「嗯……」雲宓回神，想起自己的問題，問齊朗。「爹，這黃豆您都用來做什麼？」

「黃豆？用來換豆腐的，妳要吃豆腐嗎？等會兒我去羅七家換。」齊朗說道。

豆腐是用黃豆做的，在他們村裡，買豆腐時可以花銀錢也可以直接用黃豆換。

雲宓彷彿被一瓢涼水給迎頭潑下。好吧，人家這裡已經有豆腐，是她想得太簡單了。

見雲宓進來時還興沖沖的，卻因為齊朗幾句話頓時顯得失望，齊淮覺得有些好笑地問道：「怎麼了？」

「沒事。」雲宓失落地搖搖頭說：「我去做早飯了。」

雲宓灰頭土臉地回灶間去了。也罷，既然不能用豆腐發家，那就照顧好齊淮，他身體不好，要吃些好消化的。

將兩顆雞蛋打入粟米麵中後，雲宓加了幾滴油進去，又在一個碗中打入兩份蛋清，找了一雙筷子在碗中開始不停攪拌。沒有打蛋器卻要打發蛋白，是一件很累人的事情，沒一會兒雲宓的手就痠了，速度也慢了下來。

「這是在做什麼？」齊朗端著空藥碗出來見到雲宓的動作，有些疑惑。

「喔，這樣做饅頭會比較鬆軟，齊二哥吃起來比較不費力。」雲宓用齊朗能理解的意思來解釋。

「就這麼不停地攪嗎？那我來吧。」齊朗接過碗。

雲宓鬆了口氣道：「麻煩爹了。」

齊朗站到院中打發蛋白，雲宓便在粟米麵中打入一顆雞蛋跟之前剩下的兩份蛋黃一起攪拌，加入少許水攪成了麵糊狀。

等齊朗將蛋白打到發白且不能流動的狀態端回給雲宓後，雲宓就將蛋白分三次加入到粟米糊中攪拌均勻。

齊朗看著雲宓行雲流水的動作，知道她會做飯，於是道：「雲娘，家裡有的妳隨便用，只要二郎愛吃都好。」

雲宓聞言，有些不好意思道：「爹，我看那邊有一罐蜂蜜……」蜂蜜在這裡應該是比較貴重的東西，她剛才一直沒好意思問。

不等雲宓說完，齊朗大步過去拿起蜂蜜罐就要往碗裡倒，雲宓忙道：「等等，爹，我來……」要是一下子全倒進去，那可浪費了。

「這些東西妳不用問，直接用就行，沒有的妳跟我說，我去買。」齊朗又重複道，說完就出了灶間。

雲宓加了兩勺蜂蜜到麵糊內攪拌均勻，她怕齊淮不愛吃甜的，就只是調一下味道，然後將陶盆放入鍋中開始蒸。

粟米糕蒸熟差不多要半個小時，也就是兩刻鐘的時間。雲宓坐在灶前往灶底加柴，家裡只有這一口鍋，做了這個就沒辦法做別的。

此時屋內傳來齊朗和齊淮的說話聲。

「二郎，吃過早飯後我收拾一下就進山了，有雲娘在家裡照顧你，我就不急著回來，待個三、五天再出山。」

「現在冬日剛過，山中多猛獸，還是再等等吧。」齊淮道。

「沒事，我能照顧好自己，有猛獸最好了，還能打隻大的，家裡銀錢剩得不多，不能耽誤了你的藥。」

「……到底是我拖累您了。」

「胡說什麼呢？」齊朗聲音突然大起來，又壓了下去。「我瞧雲娘是個不錯的姑娘，她照顧你，我放心。」

雲宓托著腮，思考著將來的出路。用豆腐發家是不可能了，那她還能做點什麼呢？

「雲姊姊……」屋外傳來一個女孩稚嫩的聲音。「雲姊姊……」

喊她的？

雲宓起身走了出去，只見院門口站著一個瘦弱的女孩，看著不過七、八歲的樣子。女孩看到她後露出一抹怯怯的笑，說道：「我娘讓我給妳送些菜。」

雲宓認出來了，這是隔壁顧三娘的閨女大丫。

待雲宓打開院門，大丫就將懷裡抱著的菜一股腦兒塞給她道：「我娘說妳家沒種田，沒什麼菜，所以這些給你們。」

顧三娘昨日來幫忙辦過喜事，應該與齊家關係還行，但雲宓不知道該不該收，見大丫說完就要跑，忙一把拉住她說：「大丫，跟我進來。」

「不。」大丫搖搖頭。「娘說我不方便進三叔的家。」

「為什麼啊？」雲宓疑惑道。

「因為我是女孩子。」

雲宓明白了，齊朗和齊淮之前一直都是父子倆一塊兒住，小姑娘確實不適合過來。

「沒關係，現在有姊姊在，妳可以經常過來找我玩。」雲宓牽著大丫的手往院子裡走。

「真的嗎？」大丫有些開心地跟著雲宓往裡走。「我之前在河邊見過妳洗衣服，想跟妳說話，可還沒走過去呢，妳就跑走了。」

原主生性膽子小，平日雲老大也不允許她出去玩，她一個人要洗全家的衣服，還要做一家子的飯，餵雞餵鴨、打掃院子，都是她的活，哪有閒工夫去玩，偶爾有村裡的小姊妹過來找她，都被大伯母罵罵咧咧地趕了出去。

「好香啊……」大丫眼睛亮了起來。「雲姊姊，什麼味道這麼香？」灶間的蒸籠冒出了熱氣，香味飄散出來，大丫忍不住嚥了嚥唾沫，她從來沒聞過這種香味。

「姊姊做了粟米糕，等熟了後給妳吃。」

屋內的齊淮和齊朗也聞到了香味，齊朗不禁疑惑道：「就是用雞蛋蒸了個饅頭，怎麼會這麼香？」

雲宓將大丫給的菜放好，來到齊朗屋子的門口，探頭問道：「隔壁嬸子給了些菜，要收下嗎？」

「收著吧。」齊淮說：「嬸子人很好，妳跟她好好相處。」

「好。」雲宓應著。「飯很快就做好了，準備吃飯吧。」

等時間一到，雲宓揭開蒸籠，所有的香味瞬間撲了出來，整個灶間還有院中都滿是一股甜膩的香氣。

齊朗沒忍住走了出來，大丫則是眼睛亮閃閃地讚道：「真的好香啊。」

雲宓找了塊抹布墊著將陶盆端出來扣在案板上，淺黃的粟米糕熱氣蒸騰，看起來還不錯，沒失敗。她拿起刀，將之切成一塊一塊。

大丫畢竟還小，直勾勾地盯著案板上的粟米糕，不停嚥著唾沫，雖然可能因為不好意思而一度別開了眼睛，可一會兒後又看了回來。

粟米糕剛蒸好還有些熱，雲宓先掰了一小塊放涼，接著便塞到大丫嘴巴裡道：「嚐嚐。」

粟米糕鬆軟細膩、入口綿軟，帶著些甘甜，一點兒也不像他們平常吃的粗糙刺嗓子的乾硬粟米餅。

這是她吃過最好吃的食物！大丫腦袋不停地點著道：「好吃，太好吃了，真的好好吃啊……」

「爹，您也嚐一下。」雲宓說。

這香味太勾人，齊朗早就忍不住了，此時也不拘束，直接從案板上拿了一塊放進嘴裡，一時之間睜大了眼睛。

他是看著雲宓做的，不過就是雞蛋、粟米麵還有蜂蜜，怎麼就能做出這種味道？

「好吃、好吃。」齊朗與大丫一樣讚嘆不已。

昨夜齊淮也誇她做的東西好吃，但齊淮的表情比較收斂，雲宓沒什麼太大的感覺，此時見大丫和齊朗這副震驚的模樣，不禁覺得有些好笑。

雲宓也拿起一塊嚐了嚐，雖然比不上現代糕點口感細膩，但總歸是綿軟了許多，沒有雞蛋的腥味，卻有蜂蜜的清甜，還算不錯。

雲宓想著，又拿了一塊給大丫，大丫擺擺手，不好意思道：「我不吃了，留著給二郎哥哥吃吧。」

見她推辭，雲宓乾脆拿了幾塊粟米糕放到碗裡讓大丫帶回家吃。

每天早上齊淮喝了藥後都要再睡一小會兒，此時卻被灶間的香味勾得睡不著了。

齊朗在炕上安了小桌，將齊淮扶起來靠坐在被褥上。除了粟米糕，昨夜的雞肉粥剩下了一些，還有一碟醃蘿蔔。

見齊淮吃了一塊粟米糕、喝了半碗粥，齊朗驚喜不已，他很久沒見齊淮胃口這麼好了。

「要不要再來一塊？」看齊淮吃飯，齊朗開心得不得了，恨不得他能把桌上的東西都吃下才好。

「不不不。」雲宓忙阻止。「我覺得可以了，他以前吃得太少，突然吃太多會對身體不好，養身子要慢慢來。」

「對對對，雲娘說得對。」齊朗開始收拾。「別再吃了，吃撐就不好了。」

這話讓還想再吃點的齊淮只能將到了喉頭的話給嚥回去。

齊朗當著齊淮的面拿了兩貫銅錢出來給雲宓道：「這錢妳收著，你們在家想吃什麼就買，別省。」

雲宓看了齊淮一眼，見齊淮點頭，她才把錢收了下來。

「行，那我收拾一下就進山了，二郎這兩天就麻煩雲娘妳照顧了。」

齊朗整理起了自己要帶的東西，雲宓見他往揹著的筐裡放了些乾巴巴的餅子，忙將剩下的粟米糕都幫他帶上。

「爹，這醃蘿蔔是我早上剛醃的，還沒入味，您帶著，再醃幾個時辰就能吃了。」

齊朗用竹筒裝了醃蘿蔔，走的時候對雲宓說道：「雲屠戶那裡今天殺豬，我讓他留了兩斤，已經給了錢，南五那裡我要了兩條魚，妳也別忘了去取。」

雲屠戶名叫雲才，南雲村裡姓南跟雲的人最多，彼此之間不見得有什麼關係，好比這雲屠戶，跟雲宓家就不是親戚。

齊朗交代完事情後，便揹著弓箭和背簍走了。

等齊淮在屋裡睡下，雲宓將家裡簡單收拾好後，就打算出門去取豬肉和魚。雖然腦子裡有原主的記憶，但她穿越過來後還沒出過門，這裡也不是她熟悉的環境，一時之間竟有些膽怯。

「這該死的社交恐懼症……」雲宓深深吸了口氣，打開院門往外走，一出去就看到隔壁的顧三娘也出了門，旁邊是大丫。

見到雲宓，顧三娘驚喜道：「雲娘啊，妳做的那個粟米糕可太好吃了。」

「嬸子要是喜歡吃，我可以教您怎麼做，很簡單。」

「真的啊？那可太好了！」顧三娘摸了一下大丫的頭。「這丫頭吃上癮了呢。」

兩人說了一會兒話，顧三娘正巧也要去雲屠戶那裡買豬肉，三人便結伴一道去了。

路上雲宓將粟米糕的做法詳細跟顧三娘說了說。「材料很常見，就是蛋白打發有些難。」

「我來打。」大丫忙道。

這話逗笑了顧三娘和雲宓，顧三娘刮了一下大丫的鼻子道：「妳個小饞貓。」

雲宓一路走一路看，村裡的房子大多是土屋，家裡若是富裕，院落就大一些，有些窮的人家還住茅草屋。

眼前的景象讓雲宓隱隱嘆了口氣，這就是她以後要過的日子嗎？她的外賣、她的洗碗機、她的掃地機器人，永別了。

到了雲屠戶這邊，已有許多人在等候。

這地方的豬肉不貴，大家吃不起牛肉或羊肉時才退而求其次吃豬肉，但豬肉也不是家家戶戶都吃得起，只能偶爾打打牙祭。村裡不常殺豬，這算是件大事，所以只要一殺豬，半個村的人都會早早擠過來。

很多村裡的人見到雲宓都跟她打招呼，雲宓一時之間認不出他們，只能乾笑著點頭回應，幸好顧三娘在旁邊，讓她喊什麼她就喊什麼。

「唷，這不是我們家二郎花二十兩銀子娶的媳婦兒嗎？」

雲宓循聲看過去，思索片刻後認了出來，這人是齊朗大哥的媳婦兒王氏。

「大伯母好。」雲宓很有禮貌地問好。

「二十兩銀子都用來娶妳了，還有銀子吃豬肉啊？」王氏從頭到腳打量了雲宓一番。「要長相沒長相、要屁股沒屁股，生孩子都費勁，還要二十兩銀子，怎麼好意思開口的？」

雲宓一時無語。這是人身攻擊吧？

從小她就跟著爺爺生活，生活條件稱不上富裕但還算優渥，平常遇到的人也都挺謙和有禮，上了兩年班時雖然見過些不講理、有小心思的人，卻沒碰過如此直白罵街的人，一時之間能想到的只有六個字——跟妳有關係嗎？

不等雲宓開口，一道聲音傳了過來。

「王惠蓮，妳閨女的聘禮不過五兩銀子，看不得我們家雲娘聘禮高是不是？」呂氏，也就是雲宓的親大伯母挎著個籃子走了過來，斜睨著王氏。「妳不是還有一個女兒嗎？有本事妳也要二十兩銀子的聘禮啊，看有沒有人娶？」

「呵。」王惠蓮冷笑一聲。「呂桂蘭，妳怎麼好意思說這話的，誰不知道妳那是賣閨女呢，而且還不是妳親生閨女！你們收了銀子，給雲宓準備嫁妝了嗎？有夠不要臉的，真當我們齊家門戶小，沒人嗎？」

「唷，『你們』齊家？當初是妳家嫌棄齊二郎生病吃藥跟齊老三分了家，現在又來眼紅這二十兩銀子，也不嫌臊得慌？」

「妳……」王惠蓮氣得滿臉通紅。「妳個不要臉的下賤貨，雲老四要是知道妳把他閨女給賣了，晚上是要來找妳算賬的！」

「妳才是個下賤貨呢，少管別人家閒事，我們雲娘知道我是為她好……」

一旁觀戰的雲宓偷偷咂了咂舌。算了，這種架她吵不過。

趁著沒人注意自己，雲宓悄悄進了雲屠戶的院子，雲才正拿著殺豬刀分肉，見到雲宓，便招呼她。「妳公爹要的肉我都割好了。」

「謝謝叔。」雲宓接過肉放進了籃子裡。

「別聽那些老娘們胡說八道。」雲才又道：「齊家二郎身子雖不好，但是做人寬厚，妳公爹又能幹，妳跟著二郎不吃虧，好好過日子，離妳大伯母遠點，一個黑心肝的老貨，沒點兒好心眼。」

「知道了，叔。」雲宓視線落在那些豬下水上，指著一塊問：「叔，豬胰子怎麼賣？」

雲才看了豬下水一眼，道：「那玩意兒不好吃，妳公爹向來都是買最好的給二郎。」

「沒關係，我會做。」

雲才聽了，直接拎起一塊豬胰子用草繩纏好道：「不收錢，給妳了。」

「那怎麼好意思……」

「這是我跟妳公爹的事。」雲才擺手。「快走吧，免得那兩個瘋婆子又過來找妳了。」

此時顧三娘也進來了，她見狀走到雲宓身邊，小聲道：「他跟妳公爹關係很好，妳拿著就行。」

雲宓這才道謝，將豬胰子收下。

顧三娘也割了一塊肉，相較於雲宓那兩斤肉，她只割了一小塊，說是給大丫打打牙祭。

大丫方才已經先拿了點東西返家，準備生火煮飯了。

兩人走到門口，王惠蓮和呂桂蘭已經吵完架正推擠著往院內走，看到雲宓，呂桂蘭直接動手要掀雲宓挎著的籃子，道：「我看看這是割了多少肉啊？」

雖然雲宓吵架不行，但身手倒是靈活，她往旁邊退了一步，然後迅速從門邊的縫隙中擠了出去，一溜煙跑遠了。

吵不起，她總躲得起。

「這個沒良心的白眼狼，枉我把她養這麼大，嫁了人就忘記娘家！」呂桂蘭站在後面高聲罵著。

雲宓走得老遠還聽得見呂桂蘭的聲音，心想她得回去好好研究一下怎麼吵架，下一次見到呂桂蘭時再替原主罵回來。

第三章　三日回門

顧三娘陪雲宓去南五那裡取了魚，然後兩人一道回家。

回到家，雲宓將東西放好後先去看齊淮。齊淮正靠在被褥上看書，看起來精神很不好的樣子。

「你要不要再睡一會兒？」雲宓問。

「不用。」齊淮搖搖頭。「總躺在炕上，也沒那麼多覺。」

一開口說話，齊淮又忍不住咳了起來。

雲宓嘆了口氣，摸了摸荷包裡的白瓷瓶，昨天給他喝了靈泉水，沒見他有什麼不舒服，應該沒問題才是。

轉身出了屋，雲宓調了一杯蜂蜜水，接著往裡面倒了三分之一瓶的靈泉水。

端著蜂蜜水回屋後，雲宓將杯子遞給齊淮道：「你喝點水。」

齊淮只當這是普通的水，接過來道謝後喝了一口，然後有些詫異地看向雲宓。這水帶著一股甜絲絲的滋味，以往他的嗓子總是乾澀難忍，這水喝下去後竟滋潤極了……他忍不住又喝了一口。

「這是蜂蜜水，怎麼樣，會不會太甜？」雲宓問。

「不會。」齊淮搖搖頭。「我喜歡喝。」

蜂蜜水他自然喝過，味道是差不多，但似乎沒有雲宓沖的這杯這麼潤澤，喝完後，也不知是不是錯覺，竟覺得有些神清目明。

「那就好。」雲宓笑了笑。「你看一會兒書，但也別看太久，我先去做飯。」

「好。」

雲宓走出屋，看向外面湛藍的天空。沒了手機跟電腦，她回歸到最原始的生活，一切都只為了一日三餐溫飽。

行吧，開始做飯。

豬肉在一般情況下沒辦法長期保存，雲宓第一時間想到了紅燒肉、回鍋肉這類重口味的料理，但齊淮的身體不適合……那就做成包子吧。

切了一半的豬肉剁餡，剩下的一半被雲宓醃成鹹肉。等發麵時，雲宓將一條魚處理好，另外一條魚則放入盆裡養起來。

鍋內放油煎魚，煎到一定程度時把魚搗碎，不停地翻炒，最後加水，清水瞬間變成了奶白色，香味也傳了出來。

齊淮的屋門半掩著，灶間的香味傳進屋內，他忍不住勾了勾唇。

以往他挺害怕吃飯的，因為齊朗做的飯只能填飽肚子，跟色、香、味沒有一丁點關係，可自從昨日雲宓嫁過來後，他好像時時刻刻都在忍受著香味的誘惑，甚至有些期待著下一餐雲宓會端什麼上來。

齊淮放下書本，闔眼休息。

他這身子一天不如一天了，也不知能熬到什麼時候。

雲宓是個好姑娘，小小年紀背負個寡婦的名聲，以後的日子必然不好過，看看隔壁顧三娘便能知道……

齊淮迷迷糊糊的，也不知睡了多久，睜開眼時，人尚未回神，便聞到了濃郁的香味。

雲宓進來正好看到齊淮醒了，於是安了小桌到炕上。

魚湯奶白，一口喝下去，鮮香美味，豬肉白菜的包子也不知餡是怎麼調的，唇齒留香，再配一碟開胃的醃蘿蔔，正好解膩。

齊淮不是沒什麼見識的人，卻覺得自己這輩子從來沒享用過這麼可口的飯菜。不過他深知自己不能吃太多，所以喝了一碗魚湯、吃了一個包子後便停了下來。

雲宓又替他添了半碗魚湯，說道：「你要是不覺得撐，魚湯還是可以多喝一點的，對身體好。」

齊淮從善如流，又多喝了半碗魚湯。

雲宓不禁笑咪咪地看著齊淮。以前爺爺在的時候，都是爺爺做飯來餵飽她，後來爺爺去世，她開始自己住，一個人做飯、一個人吃飯，大多時候懶得做飯便點外賣，還沒有這樣餵飽過別人，此時見齊淮吃得這麼香，竟讓她很有成就感。

「你嚐一下這個。」雲宓指了指另一個碗中有些焦糊的東西示意齊淮。

齊淮也不多問，直接用筷子挾了放進嘴裡——有些硬，但能嚼得動，脆脆的帶著鹹味，越吃越香。

「這是什麼？」齊淮疑惑地問道。有些像骨頭，卻也不太像，骨頭沒這麼脆。

「你猜。」

齊淮沒動腦子猜，而是仔細觀察了一下碗中的東西，接著看到了魚刺。

「這是魚骨？」齊淮一臉錯愕。「怎會如此清脆？」

「獨家秘方。」

見雲宓故作神秘，齊淮笑了起來。「既然如此，那我就不探究了。」

兩人開了幾句玩笑後，雲宓收好小桌，準備做她的「大事」。

從穿越過來後，雲宓便一直用淘米水洗臉，這對以前要用名貴化妝品、沒事貼一張幾百元面膜的現代女性來說，實在是接受不了。

她是不指望什麼化妝水、乳液跟面霜了，但一塊肥皂總沒問題吧。既然這裡連豆腐都有了，肥皂應該也有才是，只不過雲宓不好意思去跟齊淮說：「我能買塊肥皂嗎？」娶她就費了二十兩銀子，還要花錢去買肥皂，雲宓可沒有那麼厚的臉皮。

這年頭肥皂應該很貴，在原主的記憶中，村裡沒人用，都是用草木灰、淘米水還有皂莢一類的，那乾脆自己做吧。

靈泉水那邊提供了很多種配方，雲宓篩選了一下，按照她現在的條件，只能做最簡單的豬胰皂了。

雲宓將從雲屠戶那裡帶回來的豬胰子切成小塊、剁成餃子餡狀後，放到院中的一個大石臼中，用木槌開始敲打。此時此刻，雲宓無比懷念攪拌機，那可真是人類偉大的發明啊……

「雲姊姊，妳在幹麼啊？」大丫不知道什麼時候進來，蹲在雲宓身邊道：「我幫妳啊。」

雲宓眼前一亮道：「那我做好後送妳一塊，好不好？」

大丫也不知道雲宓要做什麼，但吃過雲宓做的粟米糕後，大丫就成了雲宓的鐵粉，聞言忙不迭地點頭。

雲宓讓大丫幫忙捶豬胰子，自己又在家裡找了一圈，最後找到了一些草木灰，這應該是齊朗自己用來洗臉的，還有些皂莢。

將皂莢碾碎磨成粉，雲宓將打好的豬胰子和草木灰、黃豆粉還有皂莢粉全部一起攪和。大丫的臉上不只帶著好奇，還帶著猶疑道：「雲姊姊，這……好吃嗎？有毒吧？」齊淮透過窗子把雲宓做的事情盡收眼底，草木灰與皂莢都是用來洗臉的，他似乎猜出了她想做什麼，同時也為她奇異的思想感到震驚。

看著眼前好似黑褐色麵團的東西，雲宓覺得有些絕望，這靈泉水不會騙她吧？搖了搖頭，雲宓將這麵團分成一小塊一小塊的正方形，然後放到陰涼處等待乾燥。這個要是不行，她再試試其他的配方，總能成一個的吧……

晚飯雲宓用中午的魚湯做了魚湯麵，麵條做得很細，魚湯的鮮美浸潤到麵條內，風味十足。

齊淮吃了大半碗魚湯麵，有些意猶未盡。以前齊朗做魚湯都是切成塊直接放到鍋裡煮，湯帶著苦味、又腥又油，他還勸他要多吃，說是對身體好。從前與現在相比，簡直一個地上一個天上，當然了，讓齊朗一個大老粗每日絞盡腦汁做飯，也是難為他了。

雲宓吃得比齊淮還多一些，她這副身體也要養，十六歲的姑娘看著比大丫大不了多少，又瘦又弱。她今天照了照鏡子，原主跟她長得很像，可現在的她活像遭受饑荒所苦，所以她要多吃，長胖、長高一些。

「明日是回門的日子，家裡沒什麼貴重物品，入冬時爹燻的臘肉剩一條，櫃子裡還有一張狐狸皮，妳覺得這些夠嗎？」

雲宓一臉問號地說：「回門？為什麼要回門？」

「嗯？」齊淮坐的時間長了，有些不舒服，他靠回被褥上，平復了一下呼吸，才緩緩道：「三日歸寧，古來有之，是傳統。」

「我知道是傳統，但他們把我賣了，我還得回門？」不僅如此，還要獻上臘肉跟狐狸皮，她要真這麼回去了，才是腦子有病呢。

「那不是賣。」齊淮見她氣呼呼的，笑了笑。「雖然談的方式有些激烈，但那二十兩銀子確實是聘禮，妳不是被賣的，是明媒正娶進門的。」

雲宓想了想，便明白了齊淮的意思。這個時候女子的名聲還是很重要，女人被賣確實不好聽，也會被人看不起——雖然她的確就是被雲老大夫妻倆給賣了的。

「我不想回門。」雲宓道。

齊淮知道雲宓心裡有疙瘩，溫和勸說道：「妳要是不回，以後難免被人指指點點，明日我陪妳回去，過了這天，以後妳不樂意回就不回了。」

見雲宓還想說些什麼，齊淮直接道：「就這麼說定了。」

雲宓一張臉皺得跟苦瓜似的，心想：怎麼就這麼定了啊？

翌日一早，雲宓早早起來，先替齊淮煎藥，然後做了早飯。

吃過早飯後，齊淮對雲宓道：「東西收拾好了嗎？」

「收拾好了。」雲宓看著他道：「你不用陪我，我自己回去就行。」

齊淮皺眉說：「妳知道夫婿若不陪妻子回門，意味著什麼嗎？」

「知道啊。」雲宓點頭。

三日回門，夫婿不陪同在側，表示這個女子在夫家並不好過，夫家不把她當一回事。可雲宓不在乎，她不僅不想回門，也不想齊淮拖著一副病軀陪她走這麼一趟，他身子本來就不好，再這麼一折騰，病得更嚴重了怎麼辦？

齊淮自是不同意。這樁婚事雖然非他所願，但雲宓嫁過來後事事周到，他不希望她因為自己而難堪。

雲宓見齊淮執拗，只好答應兩人一起回去。

吃完飯後，雲宓將小桌收了起來，說要去洗碗，讓齊淮等她。

齊淮等來等去，卻一直沒等到雲宓進來喊他，而灶間早就沒了聲響，齊淮喊了兩聲，也沒人回應。

他撐著身子下了炕四處尋找，家裡哪還有雲宓的身影？

齊淮嘆了口氣，這小丫頭竟然真的自己回去了。

雲宓知曉齊淮的意思，原主從小是被雲老大家養大的，雖然對她並不好，然而能把她養大已是大恩，正如齊淮所說，二十兩銀子雖多，但在外人看來這不過是聘禮要得狠了些而已。

要是雲宓真的不回門，跟雲老大家斷絕了關係，只會落得個不知感恩、不敬不孝的名聲。

況且大家都在一個村裡住著，她若當真如此行事，齊朗臉上也不好看。

這天雲宓挎著籃子，身上穿著大紅色的粗布衣裙，鬢角還簪了一朵小小的紅花。

回去的這一路上很多人同雲宓打招呼，問她齊二郎怎麼不陪她回門，雲宓都笑著道：「我家相公為救我落了水，身體有些不好。」

長期的營養不良導致雲宓身體瘦弱，但正好是花一樣的年紀，她皮膚本就白皙，腰身更是不堪一握，稍微這麼一打扮，便讓人眼前一亮，要是養好了，活脫脫是個美人胚子啊。

村裡人難免一陣唏噓和同情，這姑娘沒嫁給薛丁順那個賭鬼兼老鰥夫，而是嫁了齊二郎這個身子不好活不長的，也不知是幸還是不幸。

雲宓來到雲老大家門口，有些猶豫起來。她不太想進這個豺狼窩，總覺得自己若是進去了，這副小身板會被拆得連骨頭都不剩。

「雲宓回來了。」

雲老大家三兒兩女，兩個女兒都嫁了出去，大女兒雲香嫁給鄰村的木匠，二女兒雲鳳嫁了個在縣裡做賬房的。

這雲香和雲鳳在家裡做姑娘時沒少欺負雲宓，因為房間少，雲宓小時候都是跟雲香、雲鳳住在一間屋裡，雲鳳心情不好時就會讓雲宓睡在地上，冬日夜裡雲宓裹著床薄被子坐在地上一哭就是一晚上。

此時開口搭話的便是雲鳳那在縣裡做賬房的夫婿，吳峰。

「二姊夫好。」雲宓怯怯地應了一聲。

聽到吳峰的聲音，雲家人都走了出來，呂桂蘭看到雲宓，眉頭倏地皺起來道：「怎麼就妳自己？齊二郎呢？」

「他、他病著，不能走動，我、我就自己回來了。」雲宓有些畏懼地往後退了一步。

村裡少有大事，雲家之前「賣女兒」的事又鬧得人盡皆知，所以很多人都過來瞧熱鬧。呂桂蘭覺得只有雲宓一個人回來是下了她的面子，表情很是難看地說：「回門這麼大的事情，爬也得爬來，這是看不起我們老雲家嗎？」

雲宓害怕極了，站在那裡不敢動也不敢說話，配上那瘦小的身形，看著無助又可憐。

呂桂蘭見狀喝斥道：「站在那裡做什麼？還不進來？」

雲宓依舊不敢動。

「知道妳今天回門，我特地回娘家來等妳。」雲鳳走了過來，親熱地拉雲宓的手。

「快，進屋吧。」

「我家相公想來的，但他本來就身體不好，又落了水，高燒不停，一直迷迷糊糊的。大伯母別見怪，等他身子好了，我就帶他來。」雲宓怯懦地解釋。

「人家齊二郎是為了救雲娘才落的水，至於雲娘為什麼落水，這大家都知道。」

不知誰講了幾句，呂桂蘭臉色瞬間翻黑，狠狠瞪著雲宓。

「齊朗能拿出二十兩銀子娶兒媳婦，想必回門禮也少不了，雲娘籃子裡是什麼啊，拿出來給大夥兒瞧瞧唄。」村裡有名的懶漢蹲在大樹根上看熱鬧不嫌事大。

呂桂蘭的視線也落在雲宓的籃子上，雲鳳眼中閃過一抹嘲諷道：「知道妹妹嫁了個『富貴人家』，公爹又能幹，要不然讓我們長長眼？」

雲宓抱緊了籃子，雲鳳奪過她挎著的籃子，掀開了上面蓋著的布——一顆白菜、兩根蘿蔔，再無其他。

村裡人都伸長了脖子看著，雲鳳見雲宓這麼寒磣，覺得快意極了。二十兩銀子的聘禮讓多少姑娘看著眼熱啊，就她這長相、身量，憑什麼能換二十兩銀子？

雲鳳內心嘲諷，嘴上卻說著。「東西不在多少，妹妹能記著娘家就很好了，快進屋吧。」

相較於雲鳳，呂桂蘭的脾氣就繃不住了，她向來潑辣，直接瞪著雲宓道：「昨日妳去雲屠戶家裡買肉，一買就是兩斤，村裡誰也沒有妳買得多，今日回門就只有白菜跟蘿蔔？枉我們把妳養這麼大，妳就是這麼回報我們的？果然是個養不熟的白眼狼！」

「不是的，大伯母。」雲宓忙急切地擺手搖頭，眼淚唰地一下就流了下來，哽咽道：「昨天的豬肉是公爹在我和相公成婚前就訂好給了銀子的，家裡的錢幾乎全花來娶我，齊二哥連藥都要喝不起了，我又沒有嫁妝，公爹為了賺銀子給相公看病，昨日便進了山，到現在沒個消息，家裡的菜也是隔壁顧嬸子給的……」雲宓越說越傷心，最後更是哽咽不能言。

有人聽不下去說了一句。「這老雲家可是把齊朗家逼上絕路了。」

「妳胡說什麼呢？」呂桂蘭氣得喊了一嗓子，幾步上前，抓住雲宓的胳膊一巴掌就要往她臉上甩去，嘴上道：「妳個小賤貨，在這說什麼渾話呢？」

雲宓早有準備，側頭閃躲，巴掌沒打在她身上，呂桂蘭的指甲刮過她的手背，留下了幾道指痕，沁出了血跡。

村裡幾個嬸子忙上來拉著呂桂蘭，雲宓哭喊著。「大伯母，我錯了，您別生氣，您別打我，我不敢了！」

雲宓害怕地往後退，然後一轉身便撒腿就跑，一邊跑一邊哭。「大伯母，您別打我，我以後再也不敢了……」

呂桂蘭沒想到雲宓竟然就這麼跑了，要罵的話一下子梗在了喉頭。這丫頭膽子大了，以前打罵她時，她可是從來不敢還嘴的。

「雲老大夫妻倆真是作孽啊。」

「這兩口子哪還有什麼人性，先是賣閨女，現在又想讓賣出去的閨女孝敬他們，還真是有夠不要臉的。」

「雲宓那小姑娘也著實可憐，從小沒了爹娘，又被如此折磨，還嫁了個身子不好的夫婿，命苦啊。」

村裡人你一言、我一語，氣得雲老大一家人頭一轉直接回了屋裡。

雲宓小跑了一段路後，深深吐了口氣，然後笑了起來。罵人她不會，裝柔弱倒不成問題，看著手上的抓痕，雲宓覺得值了，這是雲家把她給打了出來的，可不是她不上門。

一抬頭，雲宓的小臉頓時一僵，只見小路盡頭，齊淮正撐著牆站在那裡看著她。一身青色長袍襯得他清瘦的身材更顯瘦弱，彷彿一陣風就能把他吹倒似的。

雲宓有些心虛地上前說：「齊、齊二哥，你怎麼出來了？」

也不知齊淮在這站了多久，嘴唇泛白，雲宓忙扶住他。

齊淮垂眼，看著扶在自己胳膊上那隻手背上的抓痕，嘆了口氣道：「妳啊……」

雲宓見他不像是要責怪她，鬆了口氣，扶著他往家裡的方向走去，小聲道：「我只是日後不想跟他們多做糾纏，而且你也看到了，他們就是貪心，難不成要我拿著好吃、好喝的上門去討好呀？」

說到這裡，雲宓著急地跳了一下腳。「我跑太快，那籃子落在他們那裡了！」

齊淮頓時失笑，忍不住咳了起來，雲宓忙幫他拍背道：「你說你出來幹麼啊，我自己能應付，本來就是我連累了你，你要是再有個好歹，我怎麼跟爹交代？」

咳了好一會兒，齊淮才停下來，緩了一陣後，才在雲宓的攙扶下繼續往前走。

「讀過書嗎？」齊淮突然問她。

第四章 創意行銷

讀過嗎？當然讀過了，九年義務教育、高中三年、大學四年，豈只是讀過啊。

「沒有。」雲宓搖頭。

「那知道什麼叫『以退為進，借力使力』嗎？」

「……不知道。」雲宓又搖了搖頭。

齊淮看她一眼，笑道：「妳方才用的就是以退為進，借力使力。」

雲宓頓時無語。這是誇她呢，還是損她呢？「我以為你生氣了呢。」

「沒有。」齊淮搖頭。「這世道女子本就艱難，束縛在身上的枷鎖太多，所以只能處處小心，若有自保能力，自然是好事。」

他命不久矣，給不了雲宓庇護，以後的路還得靠她自己走。雖僅相處了短短兩天，但齊淮看得出來，雲宓雖然貌似柔弱，卻聰明伶俐，只不過今日她如此行事，還是讓他大開眼界。

雲宓詫異地看向齊淮，有此等心胸，這人真的只是一個獵戶之子嗎？

兩人回到家之後，齊淮靠坐在那裡緩了好一會兒，雲宓忙為他沖了一杯蜂蜜水。

齊淮將杯子放到一邊，從一旁的盒子內拿出一個瓷瓶道：「妳手上的傷需要處理一下。」

雲宓低頭看了一下，她差點兒把這傷給忘了。

她將手往齊淮面前一伸，齊淮的手也同時伸了過來——兩人俱是一愣。

雲宓看齊淮遞瓷瓶到她面前，卻動也不動……喔，男女授受不親是吧？好吧，她自己來。「這是什麼？」

「金創藥。」齊淮道。

雲宓接過瓷瓶打開聞了聞，倒了一些到傷口上，有些刺痛，但能忍受。她用手指隨便抹了兩下，便將瓷瓶還給齊淮道：「好了。」

齊淮見她「豪放不羈」的動作，無奈地笑了一下說：「妳收著吧，這個比藥鋪裡買的好，平日傷了可以用。」

「謝謝。」雲宓將金創藥收好，催促齊淮快些喝蜂蜜水。「這水你要多喝，對身體好。」

齊淮順從地端起杯子喝了，雖然他不覺得喝蜂蜜水會讓他的身體好起來，卻覺得自己這兩天似乎精神了許多，畢竟落了一次水，他以為怎麼也得躺上十天半個月的，沒想到今天竟然就能下炕，還出去遛達了一圈。

雲宓看齊淮喝完後，坐到他對面，輕聲道：「齊二哥，我想跟你商量件事。」

聞言，齊淮抬起頭。

「你覺得我廚藝如何？」雲宓問。

「很好。」齊淮點頭，給予了肯定。

「那你覺得我要是去鎮上擺個賣吃食的小攤，能賺錢嗎？」雲宓眼睛亮晶晶的，很期待地看著齊淮。

齊淮皺了一下眉頭，沒有立刻給出回應。

「你不同意？」雲宓有些忐忑。她現在依附於齊家生活，若是齊淮不同意，很多事情她根本沒辦法做。

「不是。」齊淮緩緩搖頭，抬眸看向雲宓。「妳的手藝我嚐過，不是很好，是非常好，若是做吃食一定能賺錢，但是現在有個問題。」

「什麼問題？」雲宓緊張起來。

「做吃食要去人多的地方，要麼開館子，要麼擺吃食小攤。」

「嗯。」雲宓點頭。「開館子肯定不行，現在家裡沒銀子，我就想擺個小攤，我會做的東西還挺多的。」

說著，雲宓跪坐在炕上，又拿了一床被褥放到齊淮身後，讓他靠得更加舒服。

「去鎮上開小吃攤倒是可以。」齊淮慢慢道：「只是開小吃攤是一件很累的事情，每天來回村裡與鎮上便需要兩個多時辰，還要從早忙到晚，妳的身體怕是受不住。」

雲宓不禁低頭看了看自己的小身板。齊淮說得對，她是不怕吃苦，但是以前做什麼都能靠機器，來到這個時代卻什麼都得靠自己。

「沒關係。」雲宓搖了搖頭。「總要試試的，要是不行，再想別的辦法。」

「嗯……」齊淮想了想。「我還有其他想法，妳要不要聽一聽？」

「什麼？」

「妳每日讓我吃的那個醃蘿蔔是怎麼做的？」

「醃蘿蔔很簡單啊。」雲宓瞬間明白了齊淮的意思。「你想讓我賣醃蘿蔔嗎？這個太簡單了，我覺得沒人會買。」

這年頭沒什麼菜，尤其是冬天，為了過冬，家家戶戶都在醃菜吃。

齊淮回道：「醃蘿蔔是最常見的醬菜，我吃過很多種口味，但妳做的這個絕對是我吃過最好吃的。」

雲宓聞言，眼前一亮。那醃蘿蔔就是順手做的，想著齊淮病的時間長了肯定胃口不好，吃些酸的會比較開胃。

「可行嗎？」雲宓有點擔心，穿越後用醃蘿蔔開局真的不會翻車嗎？

「不試試怎麼知道？」齊淮對她安撫地笑了笑。「其實妳也不是隨便醃醃的，配料的比例很重要，像飯館與酒家都是賣吃食，相同的材料，由不同的廚師掌廚，做出來的口味卻不一樣。」

聽齊淮這麼一說，雲宓心動了起來。

醃蘿蔔的做法確實簡單，但靈泉水給的配料比例卻是獨一無二的，爺爺沒做過醃蘿蔔，但是雲宓去餐廳時倒是吃過很多，味道還真的不像她按照靈泉水給的配方做出來的這麼好吃。

「那……試試？」萬事起頭難，確實如齊淮所說，不試試怎麼會知道呢？

「明天是集市，顧嬸子應該會去，妳跟她一同去，需要什麼就買回來。」

雲宓應著，突然靈光一閃道：「齊二哥，其實我們可以試試看賣給小飯館，對不對？」

齊淮望著雲宓，這丫頭腦子倒是轉得快。他笑道：「對，我就是這麼想的，先按五十斤準備，其他的咱們之後再談，銀子還有嗎？」

「有，爹留的錢還有。」雲宓嘆了口氣。「銀子我以後會還給……不，賺了錢咱們平分。」

齊淮被她逗笑了，接著便開始咳嗽，雲宓忙替他拍背道：「這怎麼還咳著啊，你等著，我給你煎藥去。」

翌日一大早，雲忞便和顧三娘還有大丫一起坐上了村裡的牛車。

鎮上逢五、逢十趕一次集，原主也只去過一、兩次，還是很久之前的事情，記憶都模糊了。趕集也是村裡的大事，所以這一天村裡的姑娘、媳婦兒大都會去。

牛車上坐滿了人，一人要交五分錢的車馬費，所以很多人都不坐牛車，直接走路去。

到了鎮上，顧三娘要先去繡坊交她這些日子做的繡品，雲忞便跟著一起去了。

「這陳娘子在鎮上開了間繡坊，接些繡活，繡好後便一起送到縣裡。」顧三娘跟雲忞解釋。

「一幅繡品能賺多少銀子？」雲忞問。

「陳娘子提供絹布和絲線給我們，繡好後按照繡的好壞來算錢，我和大丫三、四天能繡好一幅，兩個人合下來每天能賺百文錢吧。」

「雲娘，妳想繡嗎？我可以幫妳問一下陳娘子。」顧三娘道。

「不用了。」雲忞搖頭，尷尬地笑了笑。「我不會繡活。」

給陳娘子送了繡品、結算好銀錢後，顧三娘特地帶著大丫和雲忞在鎮上逛了一圈。

鎮上的鋪子集中在一條街上，都賣些雜貨，像是包子、糖果之類的。雲忞留意了一下，這條街上差不多有三家飯館，街面上也有些賣吃食的小攤，生意看著倒是不錯，也可能是今天趕集的人多，每家飯館裡都坐滿了人。

若是賣醃蘿蔔這條路行不通，她還是要開小吃攤的。

對鎮上有了大概的了解後，雲宓又跟著顧三娘去了集市，集市上都是老百姓挑自家的東西出來賣，人頭攢動，挺熱鬧的。上輩子的雲宓只聽過集市，沒真正趕過集，不免覺得挺新奇的。

閒逛了一會兒後，雲宓告訴顧三娘她要買的東西，顧三娘詫異道：「妳買那麼多蘿蔔做什麼？」

「想醃了來賣。」雲宓沒隱瞞。

「這倒是個賺錢的法子，但是家家戶戶都會做醃蘿蔔，可能沒太多人買，妳要是想做吃食，不如做粟米糕，那個就很好吃，若是來集市上賣，一定能賺錢的。」顧三娘道。

雲宓搖頭說：「那個太麻煩了，只是見齊二哥不愛吃飯，所以做給他吃的。」

顧三娘聞言打趣道：「這就心疼自家相公了？」

雲宓愣了愣，反應過來後紅了耳根。

顧三娘見她臉皮薄，不再開玩笑，只道：「我帶妳去買。」

蘿蔔三文錢一斤，雲宓買了五十斤蘿蔔，又買了醬油、醋和白糖，最後總共花了六百文錢。

等到買完東西之後，三人坐牛車回家，因為東西太多，還多付了一個人的車馬費。

回到家後，雲宓先去看了看齊淮，見他正熟睡，她便開始處理買回來的蘿蔔。先將蘿蔔都清洗了一遍，然後切成極薄的薄片，這樣才好入味。蘿蔔用鹽醃過後擰出水分，再倒入調製好的料汁，雲宓想了想，又拿出白瓷瓶倒入少許靈泉水。

晚飯時雲宓將還養著的那條魚處理了一下，做了豆腐魚湯和雞蛋餅。

齊淮一連吃了兩張雞蛋餅、喝了一碗魚湯，雲宓見他還想伸手拿第三張雞蛋餅，眼疾手快將盤子端走道：「齊二哥，晚上吃多了不好。」

齊淮無奈地嘆了口氣，然後笑著說：「沒想到我有一天也會這麼貪食。」

「等你好了，我天天做好吃的給你吃。」雲宓今天幹了太多活，餓到不行，自己又盛了一碗魚湯。

「我今天去鎮上看了，那裡有三家飯館，蘿蔔我都醃好了，明天就去找飯館的掌櫃。」雲宓上大學時因為打工接觸過推銷，每天跑很多家店鋪跟他們推廣ＡＰＰ，對這種業務算熟練。

齊淮想了想，道：「先不急，妳去隔壁找大丫，讓大丫把里正家的三小子找來，我有話跟他說。」

雲宓不知道齊淮要做什麼，但還是聽他的話去隔壁找了大丫。一刻鐘後，大丫便帶著一個比她高一些的男孩過來了。

男孩名叫南文錦，在鎮上的私塾念書，整個南雲村讀書的孩子也不過兩個，畢竟念書需要花費不少銀錢，不是家家都能供得起的。

齊淮回到村裡後一直病著，沒怎麼出過門，倒是這個南文錦聽齊淮讀過書，主動來找齊淮探討過問題。

與南文錦在屋裡小聲說了半天話後，齊淮讓雲宓用竹筒裝了兩筒醃蘿蔔讓南文錦帶走。

「放心吧，齊二哥，我保證幫你辦得妥妥當當。」

翌日中午，私塾下課後，學生都去了飯堂吃飯。私塾裡的學生每日都是自己帶午膳來，然後交到私塾的飯堂內，由大廚幫忙加熱。

南文錦領了自己早上帶來的飯盒，是一份粟米飯外加一份豬肉炒青菜，接著他拿出了醃蘿蔔。

「文錦，怎麼帶這個來啊，又鹹又難吃。」南文錦的好朋友張博瑋挾了兩塊雞肉放到南文錦的碗中。「你家最近是不是缺銀子啊？要不你吃我的吧。」

「我帶的醃蘿蔔跟你們家醃的不一樣，你嚐嚐。」南文錦示意張博瑋吃自己的醃蘿蔔。

「我不吃。」張博璋搖頭。「我吃了一個冬天，已經膩了，這輩子都不想再吃。」

「我這個醃蘿蔔可好吃了，真的，你嚐嚐。」

南文錦太熱情，張博璋拗不過，只好挾起一塊醃蘿蔔咬在嘴裡——入口酸甜，咬下去清脆可口，讓人胃口大開。

張博璋睜大了眼睛，不可思議地看著南文錦說：「這醃蘿蔔怎麼如此好吃？」

他的話引起了其他學生的注意。

「張博璋，你是沒吃過醃蘿蔔嗎？看看你那沒見識的樣子。」

「是啊，張博璋，你不是最不喜歡吃醃蘿蔔的嗎？」

「他可能是背書背傻了，放著雞腿不吃，吃醃蘿蔔。」

「你們不吃可別後悔，我全都吃嘍。」張博璋又挾了一筷子到碗中，拌著米飯吃了一大口。

大家見張博璋吃得如此香甜，猶疑地各自挾了一塊品嚐，然後齊齊露出驚訝的表情。

「南文錦，為什麼你家的醃蘿蔔跟我們家的醃蘿蔔不是一個味道？」

「又酸又甜，既有鹹味，也不苦澀，真的很好吃。」

「我也要嚐嚐，可以嗎？」

「可以，大家都吃吃看吧。」南文錦大方地將醃蘿蔔貢獻了出來，並端著另一盤去了夫子那裡。

夫子姓葉名成，是個秀才，年紀大了，自覺科舉無望，便回到鎮上辦了個私塾。

南文錦將醃蘿蔔放到葉成面前說：「夫子，您嚐嚐。」

這剛剛出了冬日，沒什麼菜色，葉成已經很多時日都食慾不振了，看到醃蘿蔔更是沒了吃飯的慾望，忙擺手道：「你留著自己吃吧，為師就不吃了。」

「先生，您嚐嚐再說嘛。」南文錦將醃蘿蔔往他面前放。「先生，您就嚐一下，我保證您不會失望的。」

學生尊師，葉成也不好拂了學生的面子，只好挾起一塊醃蘿蔔放入口中，本以為會像家裡經常吃到的醃蘿蔔一樣鹹澀，沒想到竟如此清脆爽口。

葉成一連挾了幾筷子，連連稱奇。「這是自家做的？」

「不是。」南文錦搖頭。「我二哥帶回來的，說要是想吃就去鎮上的飄香樓，那裡能吃到。」

「飄香樓？」葉成吃了幾口醃蘿蔔覺得胃口大開。「那家飯館我經常去，沒見過有這個菜色啊？」

「那我就不知道了。」南文錦撓撓頭。「先生您吃，我也回去吃飯了。」

南文錦回到飯堂，同學都追著他問這醃蘿蔔是哪裡來的，南文錦一樣答說去飄香樓就吃得到。

中午的飯菜即便熱過也都不怎麼好入口，若是有清脆可口的配菜下飯就好了，這天中午葉成便因這開胃的醃蘿蔔多吃了一碗飯。

兩日後私塾休假，葉成約了兩個好友一起去了飄香樓。點了菜後，葉成又道：「再來一碟醃蘿蔔。」

兩位好友不贊同道——

「這冬日裡吃醃蘿蔔還沒吃夠呢？」

「我可是不想再吃醃菜了，好不容易來飯館，竟然還要吃醃蘿蔔！」

葉成摸摸鬍子，笑得神秘道：「此醃蘿蔔可不是咱們自己家裡醃的那些，酸甜可口、極為下飯，你們嚐過就知道了。」

一位好友說：「就一醃蘿蔔，說得跟美味佳餚似的。」

這兩人被葉成勾起了好奇心，等飯菜上來後，便先挾了醃蘿蔔，其中一位好友搖頭說：「老葉啊，這就是你誇上天的醃蘿蔔？」

葉成嚐過後皺起了眉，叫來夥計問道：「我們要的不是這種醃蘿蔔。」

夥計疑惑地說：「那您要什麼醃蘿蔔？我們只有這一種。」

葉成的眉頭頓時蹙起，沒了食慾。

夥計來到後廚，不解道：「掌櫃的，有好幾桌來要醃蘿蔔，吃了以後還說不是他們要的，他們到底要哪種醃蘿蔔啊？」

「醃蘿蔔有什麼好吃的。」掌櫃的也是百思不得其解。

過了一會兒，飄香樓門口，一個清瘦的小姑娘站在那裡笑盈盈道：「您好，請問你們掌櫃的在嗎？」

「找我們掌櫃的有事嗎？」夥計問道。

「我們自家醃了些蘿蔔，不知道你們需不需要？」

「醃蘿蔔我們有，不需要，妳賣給別家吧。」夥計脾氣挺好，耐心回覆道：「小姑娘，這醃蘿蔔家家戶戶都有，妳做些別的來賣吧，陳娘子家經營繡活，妳可以去拿些繡活做，一天能賺個幾十文錢。」

雲宓笑了笑道：「謝謝這位大哥，要不您幫忙去問一下掌櫃的吧，說不定他會買呢。」

醃蘿蔔，又是醃蘿蔔，夥計也覺得邪門得很，怎麼這兩天上門的人好些都在說醃蘿蔔呢？

夥計狐疑地進到後廚找到了掌櫃的。

「賣醃蘿蔔？」掌櫃的不禁皺了皺眉道：「出去看看。」

掌櫃的見雲宓是個瘦瘦小小的姑娘，問道：「是妳要賣醃蘿蔔？家裡大人呢？」

雲宓有些無語。她看起來年紀倒也沒有這麼小吧。

掌櫃的既然出來了，雲宓也不多說，將拎著的罈子打開道：「掌櫃的，您要不嚐一下吧。」

蓋子打開後，沒有一般醬菜的鹹重味，反而帶著股酸甜，讓人忍不住口舌生津。

夥計拿了碗過來，雲宓拿筷子挾了一些醃蘿蔔放入其中。

掌櫃的挾了一塊入口，然後睜大了眼睛。

「這是妳做的？」掌櫃的又嚐了幾口，不可思議地說：「怎麼做的？有醋、有醬油，似乎還加了糖……」

雲宓笑笑沒說話，掌櫃的自知犯了傻，人家怎麼可能把方子告訴他？

「好，這醃蘿蔔我要了，妳打算賣多少錢？」

第五章 炙手可熱

「一斤二十文錢。」

醃蘿蔔一斤的成本在五到六文錢，本來雲宓覺得這個定價有些高，但齊淮幫她分析了一下，飯館內普通的菜一盤要二十多文錢，醃蘿蔔一盤是五、六文錢，而雲宓做的醃蘿蔔自然不可能用這個價格賣。一斤醃蘿蔔至少能做上三盤，飯館要是按照一盤十文錢定價，那麼一斤二十文錢並不高。

「小姑娘，妳這是獅子大開口啊，蘿蔔不過兩、三文錢一斤，隨便醃一下就要二十文錢，妳年紀不大，口氣倒是不小。」掌櫃的覺得這小姑娘可能不懂行情，於是道：「十文錢一斤，有多少我都要了。」

雲宓也不多言，只道：「那算了，我不賣了。」她收起罈子就打算離開。

另一邊，葉成喊夥計拿酒，半天沒人回應，便自己找了過來，碰巧瞧見櫃檯上擺著的碗。

平常醃菜顏色濃郁，看著就鹹，而那日南文錦帶來的醃蘿蔔汁液顏色不僅不濃重，配著半透明的蘿蔔切片還挺好看的，跟櫃檯上這個一模一樣。

「欸，掌櫃的，這不是有我要的醃蘿蔔嗎？怎麼，捨不得賣，自己藏起來偷吃？」葉成不滿道。

「葉夫子說笑了。」葉成在鎮上聲望很高，一般人都給他面子，掌櫃的陪笑道：「您是要這種醃蘿蔔嗎？」

「我嚐一下。」葉成拿起一雙新筷子挾起來嚐了嚐，便激動道：「就是這種，快，給我上一盤，我今天在朋友面前可是丟大了臉了。」

旁邊有人好奇問道：「葉夫子，不過是一盤醃蘿蔔，怎麼如此激動？」

「你們嚐一下就知道了，這味道可不普通。」

「是嗎？掌櫃的，也給我們上一盤，我倒要嚐嚐連葉夫子都誇讚的醃蘿蔔什麼味道。」

「掌櫃的，多少錢一盤？我也嚐嚐。」

「就一盤醃蘿蔔，看看你們，怎麼沒吃過啊？」有人走過來說：「掌櫃的，我先嚐一塊，要是好吃，我也來一盤。」

雲屺原本拎著罈子要走，掌櫃的忙走過來道：「小姑娘，一斤二十文錢就二十文錢，妳手上有多少？」

雲屺道：「我只有六十斤。」

「行，我全要了，在哪兒呢，我讓夥計跟妳一起去。」

「在牛車那裡，麻煩掌櫃的了。」

六十斤醃蘿蔔賣了一兩銀子外加二百文錢，這是雲宓來到這裡後第一次賺錢，還挺興奮的。

普通男丁出來做一天工差不多能賺百文錢，女子做些漿洗、繡活之類的活計一天也能賺個五、六十文錢，雲宓這一桶醃蘿蔔刨去成本，算下來能淨賺八、九百文錢，相當不錯。

雲宓回去時順路割了兩斤豬肉，又買了些蜜餞果子，她每次看齊淮喝藥都皺著眉頭，便買些甜的給他當零嘴。

坐了牛車剛到村頭，就看到里正娘子邱雪急匆匆往雲宓這邊跑，急切道：「雲娘妳可回來了，妳公爹從山上回來了，受了傷。」

雲宓聞言忙從牛車上下來往家裡衝，邊跑邊問道：「嚴重嗎？」

「不知道，是被上山砍柴的雲屠戶揹下來的，渾身上下都是血。」

雲宓跑得更快了，可千萬別出事啊！

跑到院中，將東西隨手一放，雲宓急匆匆進了屋內，就聽裡面傳來了齊朗的聲音。「我沒事，那都是老虎的血，我就受了點輕傷。」

聽到齊朗洪亮的聲音，雲宓鬆了口氣，正想進屋去瞧瞧，可想了想，還是喊了一聲。

「齊二哥，爹沒事吧？」

只見雲才端著盆子走出來道：「還好，沒傷筋動骨，妳去換盆水。」

雲宓忙接了過來，裡面的水是猩紅色的，顯然有不少血。

倒了那盆水兌入溫水後，雲宓拿出白瓷瓶往裡倒了一半的靈泉水進去。端著盆子走到屋門口時，雲宓喊了一聲。「叔，水端來了。」

「雲娘，妳進來吧。」裡面的齊淮應了一聲，雲宓便走了進去。

屋內，齊朗坐在炕上，肩膀上好幾處咬傷，沁著血跡，看起來很是猙獰。

里正南世群也在，正皺著眉頭道：「自己打老虎，這是不要命了？你要是出了什麼事情，二郎怎麼辦？」

齊朗道：「我這不是沒事嗎？胳膊跟腿都在，被咬了幾口而已。」

雲才拿了布放在水裡浸濕，再去擦拭齊朗身上的傷口，雲宓忍不住打了個哆嗦，看著都疼。

「還挺舒服的。」齊朗動了動肩膀。「涼涼的。」

「給你咬掉腦袋，你就更舒服了。」雲才沒好氣道：「一個人打老虎，你吃了豹子膽了？」

齊朗憨笑了幾聲後說道：「一張虎皮怎麼也能賣個七、八兩銀子，值。」

雲宓看了齊淮一眼，只見他的臉色有些冷，看不出什麼情緒。她心想，當獵戶確實比做別的賺錢些，但也是拿命在賭啊。

傷口擦拭乾淨後，在雲才和南世群的幫助下，齊朗的傷處撒上了金創藥。

「雲娘。」齊朗喊了一聲。

「爹，我在呢，您有什麼事？」

「我餓了。」齊朗嘆了口氣。「妳去做飯吧，多做些，里正和阿才也在這裡吃。」

「好，我這就去。」

雲宓來到院中時才看到齊朗帶回來的東西，是一張很大的老虎皮，上面還帶著血跡，散發著腥臭味；背簍裡則是些藥材和菌菇，還有些不知名的野果。

雲宓去洗了手，開始準備飯菜。平日她和齊淮吃得都比較清淡，但是這口味齊朗肯定不愛，何況今天家裡還有別人。

正好買了豬肉，雲宓便做了一道紅燒肉，濃油赤醬吃起來下飯。之前從雲屠戶那邊買的豬肉有一半被醃了起來，她便用這醃肉做了白菜鹹肉餅。農村吃飯不講究精緻，都是些大男人，雲宓怕他們不夠吃，又蒸了一鍋米飯。醃蘿蔔也算一道菜，另外又煎了個豆腐。

說起買來的豆腐，雲宓覺得不怎麼好吃，有點老，還帶著些微苦味，等改天有空了，她打算自己做一些來吃。

飯菜上桌，齊朗可能是餓狠了，拿起白菜鹹肉餅便大口吃了起來。

對於雲宓的廚藝，齊朗是知道的，但吃到鹹香的肉餅還有肥而不膩的紅燒肉，還是覺得驚詫，好吃到讓他恨不得把舌頭都嚥下去。

齊朗埋頭苦吃，沒空說話，而雲才和南世群則不同了，吃完一塊紅燒肉後俱是驚訝無比。

「這是豬肉做的？」雲才的本業便是殺豬，豬肉的肉質較柴，若不是買不起羊肉，沒人樂意吃豬肉，但雲宓做的這豬肉入口即化，口頰生香卻又不油膩，簡直是人間美味。

「這、這是怎麼做的，怎麼會如此好吃？」南世群看著面前平凡無奇的紅燒肉，覺得不可思議。

雲宓笑了笑沒說話，雲才和南世群也顧不得誇讚了，大口吃了起來，紅燒肉、白米飯加上醃蘿蔔簡直是絕配，幾人吃得停不下來。

只見雲宓拿了一個白菜鹹肉餅夾了幾塊紅燒肉給齊淮，又盛了一碗特地為齊淮煮的粥給他。

齊淮只能解饞，不能多吃，吃了一塊紅燒肉後，他長嘆一口氣，看著雲宓笑道：「清淡的吃多了，吃一口這個，恨不得吃下兩碗飯。」

「那可不行，這白菜鹹肉餅你也只能吃一個。」雲宓道。

齊淮無奈地笑了笑，挺羡慕飯桌上其他三個大口吃肉的人。

「二郎啊，你這個媳婦兒可是娶對了。」雲才吃完兩碗飯後打起嗝。「這紅燒肉跟醃蘿蔔都好吃，鎮上的飄香樓的飯菜還不如雲娘做的……不，連皇宮裡的飯菜也比不上。」

「你這話說的，」南世群也戀戀不捨地放下筷子。「像是你吃過宮裡的飯菜一樣，不過這飯菜做得確實好，要是開飯館，肯定把鎮上那幾家都給比下去。」

「喔，對了，那天二郎讓文錦帶回去的醃蘿蔔也是桌上這個吧？」南世群道。

「是啊，是雲娘醃的。」齊淮笑道：「南叔應該還沒嚐過吧？」

南世群有些不好意思，這家家戶戶都有醃蘿蔔，他還真沒當回事。

雲才佯裝不樂意地說道：「怎麼就他有？」

「雲叔也有。」齊淮對雲宓道：「雲娘，拿些肉餅和醃蘿蔔讓兩位叔叔帶回去。」

南世群家裡還有醃蘿蔔，不好意思再要，只拿了肉餅說回去給孩子嚐嚐，而雲才則把南世群那份醃蘿蔔也接了過去。「我都要了，改天殺豬給你們留最好的肉，不要錢。」

南世群拿了白菜鹹肉餅回家，被邱雪說了一頓。「齊家剛娶了媳婦兒，本來就拮据，你還連吃帶拿的。」

「妳嚐一下，這雲娘做飯可好吃了，你們沒吃過，我這不是帶回來給大家嚐嚐嘛。」

南世群家一共三個兒子，最小的便是南文錦，上頭兩個兒子都成親了，沒分家，邱雪和三個兒子、兩個兒媳分了這三個白菜鹹肉餅。

家裡偶爾也會做鹹肉餅，但都沒有雲宓做的這麼好吃，鹹淡正好，醃肉也不澀口，不知道怎麼形容，反正就是好吃。

「雲娘還會做這麼好吃的飯呀？」邱雪詫異。

南世群說道：「不只這個，文錦前些日子帶回來的醃蘿蔔呢？咱們就是沒見識，我今天嚐了，跟自家醃的不是一個味，酸甜可口，吃一口還想吃第二口，快拿出來嚐嚐。」

邱雪起身去灶間找竹筒，找了半天沒找到，南文錦摸了摸鼻子說：「娘，您別找了，那個竹筒被我帶到私塾去了，因為他們都想吃，於是我就……」

說著，南文錦從兜裡掏出足足二十文錢道：「一人一文錢能吃兩塊，我都全賣了。」

雲宓收拾好東西後，來到齊淮這屋。「爹，您還有沒有哪裡不舒服？」

「沒事，我好得很。」齊朗摸了摸肩膀。「之前還火辣辣的疼，現在倒是沒太大感覺了，放心吧，等過些日子我再去山裡把那頭野豬給打了。」

「不許去了。」齊淮淡淡道。

「我心裡有數，比起以前，這都是小傷。」齊朗毫不在意。

「爹，您就聽齊二哥的吧，以後別進深山，太嚇人了。」雲宓將放了靈泉水的兩杯蜂蜜水端給兩人。「以後我來賺錢。」

「妳能賺什麼錢啊。」齊朗接過水一飲而盡，才咂了咂嘴。「蜂蜜水？以後留著你們兩人喝，我不喝這個。」

雲宓沒解釋，只道：「爹，我真的能賺錢。」她轉身出去，將白天賺的錢拿來放到炕上，對齊淮道：「那六十斤掌櫃的全都要了。」

見齊朗一臉問號，齊淮便將醃蘿蔔的事情原原本本告訴了齊朗，齊朗聽後大為驚訝道：「六十斤醃蘿蔔就賺了這麼多？」

他豁出命去打隻老虎，虎皮值個七、八兩銀子，算下來還不如幾百斤蘿蔔呢。

「真的。」雲宓點頭。

齊朗頓時有了精神，說道：「那我明天就收蘿蔔去，集市上蘿蔔一斤要三文錢，去村裡收最多一斤也就兩文錢，還能省下不少呢。」

「蘿蔔可以先收著，最好能有個地窖儲藏起來，這兩天不做。」雲宓道。

「為什麼？」齊朗疑惑。

雲宓笑道：「估計飄香樓的掌櫃正在琢磨配方呢，總得等他研究完了再說。」

齊朗的傷並不是他嘴上說的那麼輕，除了肩膀的傷之外，腿也遭了殃，走路一瘸一拐的，近期是不能上山了。

可是齊朗閒不住，第二天便去村裡收蘿蔔，此時家家戶戶的地窖裡都存著蘿蔔，短短一天內，齊朗就用兩文錢一斤的價格收了兩百斤蘿蔔。

他們現在住的地方是齊家廢棄的老房子，院中有一個小地窖，不大，但放幾百斤蘿蔔還是可以的。

雲惢認為飄香樓的掌櫃怎麼也要兩、三天後才會來找她，畢竟那醃蘿蔔看著挺簡單的，誰都想試試自己能不能醃出來。

飄香樓的掌櫃確實沒來，但另一家飯館富貴居的宋掌櫃卻找了過來。

鎮上就那麼三家飯館，菜色不分伯仲，生意也都差不多，這麼多年來大家相安無事，卻偏偏這幾天一直聽人在找醃蘿蔔，本來宋掌櫃沒當一回事，卻不想那飄香樓竟然真的上了醃蘿蔔。

小地方消息傳得快，白天葉夫子在飄香樓嚐到好吃醃蘿蔔的事情他晚上就知道了，翌日找人過去嚐了嚐，今天便立刻上門拜訪。

宋掌櫃在村頭下了牛車，熟門熟路地找到了齊朗家。

「好你個齊老三，枉我跟你相交這麼長時間，這麼好的事竟然不想著我！」宋掌櫃一到門口便指著齊朗罵。

齊朗從山上打的野味基本上都賣給了宋掌櫃，兩人也算熟識。

只見齊朗笑道：「我哪裡招惹你了，讓你跑到門上來罵我？」

「我都打聽到了，飄香樓那醃蘿蔔是你家二郎的媳婦兒做的，你怎麼不先賣給我？」

齊朗憨笑道：「我碰巧進了山，怎知道這些事情，而且東西是二郎媳婦兒做的，我哪管得著啊。」

「你啊你……」宋掌櫃恨鐵不成鋼地瞪了他一眼。「那你兒媳婦呢，我找她談談。」

將宋掌櫃迎進屋，雲宓為他倒了杯水，宋掌櫃不復剛才面對齊朗那般吹鬍子瞪眼，反而笑咪咪地說：「二郎媳婦兒啊，這醃蘿蔔的配方賣不賣？我出十兩銀子。」

聞言，雲宓思索起來。賣配方倒也不是不可以，畢竟她會做的東西多，賣醃蘿蔔真算起來也非長久之計。

雲宓瞄了齊淮一眼，見他輕輕搖了搖頭，她便看向宋掌櫃，笑道：「叔，我們一家還指望著這個吃飯呢。」

宋掌櫃一聽，狠了狠心問道：「那二十兩銀子？」

見雲宓不說話，宋掌櫃道：「二郎媳婦兒啊，妳要知道，這東西大家都會學著做，到時候也賣不上多少錢了，不如直接把方子賣給我，二十兩銀子不少了。」

「二郎啊，你說呢？」宋掌櫃看向齊淮，這事還得家裡的男人作主。

齊淮笑道：「叔，這醃蘿蔔是雲娘做的，自然由她說了算。」

宋掌櫃又看向齊朗，指望齊朗幫他說說話，誰知齊朗竟然藉故出去了。

一時之間，宋掌櫃猶豫了起來。小地方的飯菜都差不多，三家飯館誰也不比誰好，去鎮上吃飯的人大多是因為上工沒時間做飯，或是隔幾日過來打打牙祭的，去誰家吃都一樣，現在飄香樓裡有了下飯的醃蘿蔔，大家自然樂意往他們家去。

「那我先買一百斤醃蘿蔔行嗎？」宋掌櫃道。買不到配方，就只能直接買醃蘿蔔了。

「行。」雲惢痛快地應了。「後天就能幫您送過去。」

「行吧。」宋掌櫃嘆了口氣，放下一兩銀子的訂金便離開了。

等宋掌櫃走了，齊朗才進來說道：「其實用二十兩銀子把方子賣給他也成，那醃蘿蔔雖然好吃，但我看配方還挺簡單的，要是被人自己琢磨出來，生意就不好做了。」

齊淮搖頭道：「即便琢磨出來了，也一定不會比雲娘做的好吃。」

他這段時間日日吃醃蘿蔔，發現雲惢做的醃蘿蔔不只是好吃，而且還很脆，尋常人家做出來的醃蘿蔔過不了幾日便軟趴趴的了，但她做的無論什麼時候拿出來吃都很爽脆，這可不是誰都能做到的。

齊淮又道：「做出來要是賣得貴又不好吃，也成不了什麼事，大家既然出得起這份錢，自然想買最好的，而我們的就是最好的。」

「況且……」齊淮看向雲宓。「三家飯館可以都沒有，但不能一家有一家沒有，過不了多久，這醃蘿蔔就是三家飯館的必備菜品。」

雲宓恍惚了一瞬，這不就是所謂的紅皇后效應嗎？

看電影時，一個人站了起來，後面的看不到、前面的又不坐下，所以大家只能都站起來……這齊淮是個人才啊。

齊朗不住點頭道：「對，二郎說得對，我這就去幫雲娘切蘿蔔。」

「等一下，爹。」齊淮喊住齊朗。「這洗蘿蔔跟切蘿蔔都是體力活，您的傷在肩膀上，別扯了傷口，雲娘太瘦弱，也不適合長時間做活，不如找兩個人過來幫忙切。」

「也行，那找誰？」齊朗問。

「找嬸子和大丫吧。」雲宓道。

「嗯。」齊淮點點頭。「我也是這麼想的。」

兩人不禁相視一笑，雲宓道：「那我去問問。」

見雲宓拎了醃蘿蔔去了隔壁，齊朗感慨地說：「這雲娘真是能幹。」

「嗯，小小年紀，卻頗有見解。」齊淮掀開被子打算下炕。

齊朗忙扶住他道：「你要做什麼？我幫你。」

「我想下去走走。」

「能下地了？」齊朗臉上一喜。「我這次回來看你臉色紅潤了不少，也不總咳了。」

「嗯。」齊淮頷首。「我也覺得精神了不少，身上有了些力氣。」

落水前他雖然也能下地，但總是渾身發沈、痠軟無力，但最近他感覺到自己漸漸有了力量，這讓他多了一份希冀，似乎這副身子能好起來。

齊朗歡喜異常道：「雲娘旺夫啊，這個喜沖得好！」

第六章　得力助手

雲宓來到顧三娘家，顧三娘和大丫正在屋內做繡活，見雲宓拎了醃蘿蔔來，忙推拒道：「我昨日去鎮上，很多人說飄香樓出了一種醃蘿蔔，我一聽就知道是妳做的，妳讓大丫拿來的那些我嚐過，好吃得很呢。」

「嬸子，我今日來就是跟妳談這件事情的，我接了富貴居的訂單，要賣給他們一百斤醃蘿蔔，我一個人切有些費力，想讓妳和大丫幫幫忙。」

「當然可以啊，現在嗎？我和大丫這就過去。」顧三娘做事雷厲風行的，馬上就要帶大丫跟著雲宓走。

雲宓忙攔住她道：「嬸子，您先聽我說，我是這麼想的，您和大丫幫我做一天，我每人各給一百文錢的報酬，您看行嗎？」

顧三娘皺眉說：「怎麼能要妳的錢呢？妳做了好吃的總讓大丫帶回來，我們幫忙可以，給錢的話就不去了。」

雲宓忙解釋。「嬸子，我以後可能會經常要妳們幫忙做些事情，如果不要錢，我就不敢開口了，您要是不同意，我就去找別人。」

「娘……」大丫拽了拽顧三娘的衣袖。

顧三娘想了想，說道：「一人一百文錢太多了，這樣吧，我和大丫兩個人一共給一百文錢就行。」

「不行，一人一百文錢。」雲宓直接敲定。

顧三娘拗不過雲宓，只能應下，馬上帶著大丫去了齊朗家。

切完一百斤蘿蔔只用了不到半天時間，顧三娘還幫雲宓把用鹽醃後的蘿蔔攥出了水。剩下的工作就比較簡單了，將料汁配齊倒入蘿蔔中開始醃製，一百斤蘿蔔加上料汁差不多有一百三十多斤。

雲宓留好要給富貴居的一百斤，多出來的裝了竹筒讓齊朗送人。

翌日，顧三娘和大丫繼續幫忙切蘿蔔，而飄香樓的掌櫃和另一家飯館的掌櫃也找了過來，一個上午來，一個下午來，跟宋掌櫃一樣，都是想買配方，被拒絕後一人各訂了一百斤的醃蘿蔔。

家裡存的蘿蔔不夠用，齊朗又去鄰村收了一些，一天半下來做了三百斤醃蘿蔔，隔天雲宓雇了村頭的牛車送到鎮上。

三百斤蘿蔔一共賣了六兩銀子，刨去成本還有顧三娘母女倆的工錢，淨賺四兩多，差不多是普通人家一個多月的收入。

顧三娘是陪雲宓一起來的，雲宓與掌櫃的在屋裡結算銀錢時，她便在外面等候，等結算完畢，兩人又去交了繡活。

雲宓有些疑惑地說：「嬸子，您這兩天都在幫我，哪來的時間做繡活？」

顧三娘笑了笑道：「妳那點活又不累，晚上可以做的。」

雲宓這些日子聽齊朗說起過顧三娘的事情。顧三娘十五歲的時候嫁給了大丫她爹，她爹很能幹，顧三娘也勤快，日子過得不錯，可惜不過短短兩年，大丫她爹便在為人蓋房子時從房梁上掉下來沒了性命。

公婆嫌棄顧三娘生了個女兒，把她趕出來，顧三娘只能回娘家。她的爹娘早已離世，兄嫂也去了縣裡，顧三娘便住進家裡的老房子，此後一直一個人帶著大丫過日子，孤兒寡母挺艱辛的。

雲宓覺得有些難受，大丫如今不到十歲，顧三娘也才二十多歲，放到現代來說，顧三娘的人生才剛剛開始而已。

「雲娘，我要去給大丫扯布做件衣裳，她好久沒穿新衣了。」顧三娘道。

兩人到了布莊，雲宓摸了摸布料，有些動心。她身上的衣服都洗得發舊了，穿在外面的還好說，但晚上睡覺時穿的裡衣又粗又糙，很磨皮膚，一點兒都不舒服，鎮上的布料雖然也一般，但比她身上穿的可好太多了。

齊朗的衣服也不多，都是一層補丁疊一層補丁，常穿的那套還被老虎給咬破了；齊淮的衣服沒有補丁，但也不過兩、三件，布料同樣很粗糙。

雲宓想了想，買了一疋上好的棉布為全家人做裡衣，又給齊淮和齊朗分別扯了幾尺青色與玄青布料做外袍，自己則選了水綠色的，一共花了六百文錢。

她不會做衣裳，只得拜託顧三娘幫忙，回到村裡後顧三娘便來到齊家幫齊朗還有齊淮量尺寸。

「二郎看著精神了很多。」顧三娘有些驚詫。當初齊淮從水裡救雲宓上來時，出氣多、進氣少，像是熬不下去了似的。再看現在，雖然身體依舊虛弱，但精神頭不錯，蒼白的臉上隱隱透著些紅潤。

「都是雲娘照顧得好。」齊淮道。

「確實，雲娘是個好姑娘，二郎你要好好對她。」

「知道了，嬸子。」齊淮溫和地應著。

為齊朗量尺寸時，他怎麼也不肯配合。「我有衣裳，都給二郎和雲娘做，我不用，補補還能穿。」

雲宓和齊淮勸了半天，齊朗才彆彆扭扭讓顧三娘量了尺寸，最後還嘀咕。「我穿這麼好的衣服也沒用，上山早晚得破。」

齊淮接話道：「您只要不去打老虎，就不會那麼輕易破。」

雲宓和顧三娘都笑了起來，齊朗則被齊淮噎得臊紅了一張黑臉。

晚飯時，雲宓做了雞蛋灌餅，自己做了醬抹在麵餅上，一張餅灌一顆雞蛋，加上鹹肉和黃瓜絲，齊朗和齊淮都很喜歡，尤其是齊朗，一連吃了四張。

吃飽以後，齊朗打了個飽嗝道：「二郎啊，這三家飯館都要了醃蘿蔔，估計能賣些日子，只是新鮮勁過了後可能就不如現在這麼賺錢了。爹想好了，過幾日就再進一次山打頭熊，熊身上都是寶貝，怎麼也能換個幾十兩，到時候蓋間大房子，讓你和雲娘住得舒服些。」

齊淮放下筷子，拿過帕子擦了擦嘴說：「您傷還沒好呢，又想著進山。」

「好得差不多了，說也奇怪，這些傷口不怎麼疼、結痂也快，估計過不了幾天就能全好。現在剛開春，貓冬的那些都醒了，這時候最適合進山。」

齊淮搖頭道：「進山您就別想了，至於醃蘿蔔，鎮上要是賣完，不是還有縣裡嘛。我已經有想法了，爹，您不用操心。」

聞言，雲宓也道：「我這兩天也在想，既然鎮上能賣，縣裡肯定能，但是我沒去過縣裡，不知道那裡具體是什麼情況。」

南雲村到縣裡單程需要兩個時辰左右的路程，雲宓沒去過，但現代行銷講究做生意前要進行市場考察。

縣裡不比鎮上，鎮上大夥兒相對熟悉，要是出了事情，較有辦法解決，但縣裡就不一樣了，人生地不熟的，到時候若是得罪了不該得罪的人，可是吃不完兜著走。

要是有個靠譜的經銷商就好了……

南文錦來的時候齊家人剛開始收拾桌子，南文錦聞到空氣中殘餘的香味，吸了吸鼻子說：「齊二哥，你們家又做什麼好吃的呢？」

灶火還沒熄，雲宓便為南文錦做了一張雞蛋灌餅，他大口吃完後，眼淚都快流出來了。

「二嫂，我以後給妳家做工吧，妳每天管我一頓飯就行。」

雲宓被他逗得笑了起來。

「你要是來這裡做工，還要不要上學了？」齊淮打趣道。

「齊二哥，我今天就是來說這件事。」南文錦湊到齊淮面前。「私塾裡好多人都想吃醃蘿蔔，但必須去飯館，不能帶到私塾，可是去飯館買要三十幾文錢一斤……」他眼睛亮晶晶的。「齊二哥……」

「你想賣？」齊淮笑道。

「不、不。」南文錦摸摸鼻子。「我就是幫他們買，你能賣我嗎？葉先生也想買呢，他年紀大了，胃口不好，總吃不下飯。」

不等齊淮說話，齊朗先開了口。「不行，你爹把你送去私塾是讓你讀書的，不是讓你做買賣的，你爹都告訴我了，醃蘿蔔讓你在私塾裡換了二十文錢。別整天東想西想的，好好念書，將來考個秀才回來光宗耀祖才是正理。」

南文錦的心思被揭穿，尷尬地笑了一聲。

齊朗這話說得很有道理，齊淮相當贊同。南文錦還小，銀錢的誘惑力太大，說不定到時就無心念書了。

「齊二哥，其實是這樣的。」南文錦忙道：「我二哥不是在鎮上開雜貨鋪子嘛，你看要不然讓我二哥來賣？」

「你二哥？」

「對。」南文錦點頭。「鎮上現在只能去飯館吃，普通人家根本沒辦法買，所以你可以賣給我二哥，讓我二哥來幫你賣，這樣大家就有地方去買了，對不對？」

見齊淮不說話，南文錦以為他不同意，忙又道：「你看咱們鎮就這麼大，以後買的人只會越來越少，但是我二哥還能幫你去縣裡賣，這麼一算，你肯定不虧。」

雲宓看著南文錦，心想這小孩還挺有頭腦的。

「但、但是我有個要求。」南文錦小心翼翼道。

「什麼要求？」齊淮饒有興致地看著他。

「咱們這個地方這麼小，齊二哥你就別找別人了，只讓我二哥一個人賣行不行？」南文錦滿懷希望地看著齊淮。「齊二哥你覺得怎麼樣？」

南文錦的提議跟齊淮的想法不謀而合，這小子年紀輕輕，倒是很懂得做生意。

齊淮看向雲宓說：「這事得你二嫂點頭才行。」

「啊……」南文錦愣了一下。「原來你家是二嫂當家啊。」他立刻轉身，期盼地看著雲宓。「二嫂，妳覺得可行嗎？」

雲宓想了想，回道：「這事我們需要商量一下，而且文錦，如果你二哥要做，也不能你來跟我們談。」

「好，我明白了，我明日讓我二哥親自來。」南文錦說完轉身就跑了，生怕雲宓反悔似的。

齊朗聽得雲裡霧裡的，疑惑道：「能行嗎？」

「雲娘怎麼看？」齊淮看向雲宓。

「我覺得此事可行。」雲宓道：「咱們到時候只管做，把銷售交給別人，賣多少是他的事情，他從中間賺個幾文錢的差價，咱們也省了車馬費跟運輸費，只是不知道文錦的二哥為人如何？」

她腦子裡還有很多東西，賣醃蘿蔔利潤太少，如果能藉機找到一個合適的人幫他們跑業務，對以後也有好處。

齊朗和齊淮回到南雲村的時間不長，對村裡很多人事物不是太了解，也沒怎麼見過南文錦的二哥。

「里正心地好，我跟他從小一起長大的，他家那個二小子我見過幾次，長相還算周正，不過沒什麼接觸。」齊朗道。

「那等見了面再說吧，不急。」齊淮道。

南文錦興沖沖跑回家就去敲他二哥跟二嫂的門，南文行一打開門，南文錦就拽著他的手往他爹屋內拖。「二哥，我有事跟你說。」

兩個人被南文錦拖到了堂屋，南世群夫婦與南家老大南文良夫婦聽到聲音也走了出來。

「小三，你折騰什麼呢？」邱雪喝斥道。

「我給我二哥謀了個差事。」南文錦興奮道。

「你能給我謀什麼差事？你好好讀書，考個秀才最好。」南文行笑道。

「考秀才以後再說，現在有個賺錢的買賣，你做不做？」南文錦瞪著他二哥。

「什麼賺錢的買賣，說來聽聽。」南文行對這個弟弟還是挺看重的，雖然他年紀小，但腦袋瓜子卻很好使，不然也不會全家供他一個去念書了。

南文錦忙說出去齊朗家裡的事，並道：「二哥，齊二哥那裡的價錢我都打聽好了，二十文錢一斤，咱們賣二十三或二十五文錢都可以。」

聞言，南世群眼睛一亮，拿出煙袋一邊抽一邊琢磨了起來。

南文行雖然興奮，但還是有些遲疑地說：「這幾天鎮上的人都在談論那特殊的醃蘿蔔，去飯館吃一盤要十一文錢，並不便宜，但上館子的人也不差這點錢，若咱們自家賣的話，有幾個平頭百姓會買啊？」

「你二哥這話說得對。」南文良皺眉。「但買個百十來斤賣賣也行，總歸是有不去飯館吃又想嚐鮮的人。」

「對，賣一百斤也有不少收入，我看行。」邱雪道。

南家兩個嫂子沒說話，但都點了點頭。

「唉呀。」南文錦急道：「不是買一百斤，是把這個買賣整個盤下來。」

「什麼意思？」南文行不解。

其餘南家人也都看向了南文錦。

南文錦嘆口氣說：「我跟人家齊二哥夫婦聊，一聊就能聊明白，怎麼跟你們說話這麼費勁呢？」

「啪」的一聲，南世群對著南文錦的腦袋就是一巴掌，說道：「臭小子，上了幾天私塾回來就瞧不起你爹娘和你兄嫂了？」

南文錦捂著腦袋說：「我的意思是，以後齊二哥家的醃蘿蔔只有咱們家能賣，別人家不能賣。」

他繼續說道：「你們想啊，齊二嫂做的醃蘿蔔咱們都嚐過，確實好吃，短短幾天，鎮上的飯館都去她家買了，肯定不愁賣，要是往後鎮上買的人不多，咱們可以去縣裡賣啊，那邊有錢人跟飯館都多，二哥不也總去縣裡進貨嘛，這不正好嗎？」

「先等等，小三，人家齊二不知道去縣裡賣能賺錢？為什麼放著銀子不賺而讓你賺呢？」南世群一語道破重點。

南文錦又嘆了一口氣，結果換來以他娘為主的幾道凌厲眼神，他忙道：「齊二哥身體病弱出不了門，三叔也不懂這些，齊二嫂又是個女子，往返縣裡需要四、五個時辰，他們家誰去賣？雖然咱們家幫他賣，他們還是一樣一斤賣二十文錢，但是賣得多了，他賺錢，咱們也賺錢，這不是兩全其美嗎？」

這一番話讓南家上下腦子瞬間活絡了起來。對啊，有道理，南文行經常往返縣裡，家裡有牛車也方便，縣裡還沒有地方賣這種醃蘿蔔，南文行認識的人不少，賣起來並非難事。

南世群不住地點頭道：「小三這話說得在理，但人家二郎賣給誰都行，憑什麼只讓咱們一家賣？」

「這……」南文錦摸摸鼻子。「這就得問齊二哥了，我本來想跟他談的，但他說他家由齊二嫂作主，我想跟齊二嫂談，可齊二嫂說這事得二哥親自去。不過我是這麼想的，凡事都得有條件，咱們不出成本還能賺錢，就得多給齊二嫂銀子，比如一次給多少銀子買斷，或是旁人從他家買一斤二十文錢，咱們給他二十一或二十二文錢，又或者賣了多少銀錢後跟他們家分……」

聽完南文錦的話，南文行一拍桌子，興奮地看向南世群道：「爹，我覺得小三這事可成。」

南世群也不住地點頭說：「不錯、不錯，明天我跟你一塊兒去談。」

翌日一大早，雲宓正在院中煎藥，南世群便帶著南文行拎著幾斤糕點上了門。

雲宓將他們父子迎進屋，南世群開門見山道：「小三昨天晚上回去說了事情經過，今天我們就大著臉來了，想看看二郎與雲娘的意思。」

「二郎有什麼要求儘管提，我們也不會白占你便宜，若是你願意，我賣出去賺到的銀錢都與你平分如何？」南文行道。

齊淮的視線落在南文行身上。南文行身量不算太高，長相周正，不若南文錦看著機靈，但是倒挺憨厚的。

雲宓上輩子年紀不大，在看人方面沒什麼經驗，不過南文行給人的第一印象還算不錯。

南世群父子原本都期待地看著齊淮，見齊淮並不像要開口說話的樣子，不由得想到南文錦說的話——「齊家都是齊二嫂作主的」，於是又把視線挪向雲宓。

雲宓想了想，說道：「叔、南二哥，倒也不用分一半銀子給我們，這生意能不能做成現在還不一定呢。這樣吧，先讓南二哥去賣，如果真的能賣到縣裡，南二哥拿了訂單回來再結算銀子，我們還是二十文錢一斤賣給南二哥，南二哥賣多少錢你自己說了算，至於……」

她不禁看向齊淮。該怎麼收這個代銷的錢，她還真拿不定主意。齊朗與南世群交好，而南世群又掌管村裡的大小事，收多收少好像都不太合適。

齊淮見狀，才開了口。「南二哥，不如這樣，我們先約定三個月，三個月內我們的醃蘿蔔只賣給你，而每斤我們抽取一文錢的利潤，等到三個月後，你若是還想接著做，我們再重新談怎麼樣？」

這個提議是怕南文行日後不想做了卻騎虎難下，這樣就給了雙方互相考察的機會。

第七章　經商之道

「一文錢？」南文行看了他爹一眼，遲疑道：「會不會有點兒少？」莊稼人心思單純，總覺得這無本買賣像是占齊家的便宜，心裡不踏實。

「醃蘿蔔的成本不算低，到你手裡的利潤就更低了，一文錢不少的。」齊淮看向雲宓。「雲娘覺得如何？」

「齊二哥說得對，如此極好。」

南世群還想說什麼，卻被齊朗打斷，一錘定音。「行了，就這樣了。」

事情談好，南世群和南文行很是高興，南文行先從雲宓這裡訂了一些，打算拉到鎮上先賣，去縣裡時也能有樣品去談。

雲宓這裡還有的五十斤全給了南文行，南文行立刻回到家中和媳婦兒一起趕牛車過來載蘿蔔去鎮上，他今天還得跑一趟縣裡，看看那邊情形如何。

齊朗這幾日見醃蘿蔔如此賺錢，特別有幹勁，吃過早飯後便急著去收蘿蔔了。

村裡與鄰村的蘿蔔都收得差不多了，再收就得去遠一些的村落。雲宓幫齊朗準備了午飯，還在齊朗的水囊中加了五分之一瓷瓶的靈泉水。

齊淮沒受傷，雲宓只能看出他的身體狀況正在慢慢好轉，而齊朗身上是有傷的，他跟著齊淮喝了幾日靈泉水後，傷口好轉的速度明顯快了許多。

這靈泉水沒有逆天的功效，不會讓人一眨眼就康復，雲宓對此很滿意，這樣即便別人起了疑心，也不至於多想。

齊朗出門以後，雲宓收拾了一下，正打算拿些黃豆出來做醬，就見齊淮慢慢走了出來。

雲宓忙扶住他道：「你要去哪兒？」

「曬曬太陽。」自從能下地，齊淮便不想在炕上待著。他這具身體以前也是能騎馬射箭的，現在卻變成了一個手不能提的廢物，這讓他很抗拒行動不自由的感覺。

雲宓讓他在木椅上坐下，又進屋拿了塊毯子出來替他蓋在腿上，叮囑道：「這天氣還是有些涼，不能在外面待太長時間。」

「好。」齊淮應下。

雲宓正打算繼續去忙自己的，齊淮卻喊住她。「雲娘，前些日子我見妳用豬胰子做了個東西，現在能用了嗎？」

齊淮不提，雲宓都給忘了，她這段時間忙著醃蘿蔔賺錢，早已把這件事拋到腦後。

雲宓找出那塊已經陰乾發硬的黑灰色塊狀物體，眉頭微皺，這東西怎麼看著這麼不靠譜呢？

搓了些水到手上，拿起豬胰皂在手上搓了搓，雲宓有些驚喜地發現竟然真的能搓出泡沫來，雖然帶著一些黑渣，但用清水沖乾淨後，比用皂莢洗的乾淨多了，而且皮膚也比較滋潤，更重要的是方便。

在一旁目睹這個經過的齊淮不禁眼露驚奇。

雲宓突然靈光一閃，她其實可以做豬胰皂來賣，就算貴了點，不過只要能做出來就賣得出去。

「這東西在鎮上賣多少錢一塊呀？」雲宓問齊淮。

「什麼？」齊淮一愣。「我沒見過有賣此物的。」

「沒見過？」雲宓詫異不已。經過這些時日的相處，她知曉齊淮見多識廣，他都沒見過的東西，很可能代表沒有。

雲宓心跳忍不住加速。她當時為什麼誤以為這個時代是有肥皂的？對了，是因為有了豆腐，所以她先入為主地認為這東西也有人發明了。

齊淮拿過雲宓手裡的豬胰皂，學她那樣洗了一下手，然後忍不住看向她。

雲宓也看著他，兩人對視良久，雲宓才小心翼翼地問道：「這東西能賺銀子嗎？」

能嗎？這還用說！齊淮緩緩坐在椅子上，問雲宓。「妳為什麼會做這個？」

來了來了，要經歷穿越者的第一道坎了。

雲宓臉不紅、氣不喘地說道：「前幾年，有個衣著華貴的爺爺暈倒在我家門口，我給了他一些水和乾糧，他為了感謝我，就跟我說了很多做東西的法子。也是因為如此，我才以為這豬胰皂是早就有的，畢竟那個爺爺都知道。」

「這樣啊……」齊淮若有所思。

齊淮信了嗎？他自然不會毫無懷疑，只是雲宓說的這話雖然有些離譜，但要說是機緣倒也能解釋。

其實雲宓也沒指望齊淮會信，不過齊淮是個聰明人，有很大的機率不會追著問，而且她本能地肯定齊淮的人品，他應該值得相信。

然而她跟齊淮日夜相處，很多事情遮掩不了，如果他真的存了別的心思，她只能做最壞的打算，能跑路就跑路，要是跑不了……就認命吧。

齊淮沒多說，每個人都有自己的秘密，彼此也不都一定要坦誠以對。

「我那日見妳做的時候用了豬胰子和草木灰，對嗎？」齊淮問。

「對。」雲宓蹲在齊淮身邊，手扶著木椅的扶手。「老實說，我還會好幾種做法，做出來樣式精美，比這個好太多了，只是成本高不說，耗時也長，做一批出來至少要一個月的時間。」

「能說說嗎？」齊淮問。

雲宓沈默了起來，考慮如何用最簡單的話來讓齊淮聽明白。

「如果不方便就算了。」齊淮看出她的猶疑，笑了笑。「沒關係的。」

「不是不能說。」雲宓搖頭，做香皂可不是件簡單的事，沒有齊朗和齊淮幫忙，她自己根本不可能做得出來。

「怎麼說呢，當日那爺爺告訴我需要用到豬油和鹼……」說到鹼，雲宓仔細地觀察著齊淮的神情。「我不知道什麼是鹼……你知道嗎？」

齊淮點頭道：「買得到。」

雲宓鬆了口氣，繼續往下說：「其他的步驟都不算繁瑣，最重要的是需要不停攪拌兩者，並不是單純拌在一起就行。」她用手比劃道：「要不停攪拌一、兩個時辰，這才是最大的癥結點。」

放在現代，有機械代勞，眉頭都不用皺一下，但在古代只能透過人工操作，雲宓實在想不到如何解決這個情況，這可不是像打發蛋白那麼簡單，而且必須大量製作，人力是無法迴避的難題。

「這樣啊。」齊淮眉頭緊鎖。「讓我想一下。」

「處理這個問題之前，咱們可以先做一批豬胰皂出來。」雲宓眼睛發亮。「這東西簡單，用時也短，雖然賣相不好，但幾文錢一塊賣出去還是可行的。」

這邊商量著如何做豬胰皂，而南文行去鎮上後，立刻收拾了一下，拎著一罈醃蘿蔔去了縣裡。泗寧縣離鎮上趕牛車要一個時辰的路程，離南雲村則需要兩個時辰。

南文行是開雜貨鋪子的，什麼都賣，平日每隔幾天就要到縣裡來上貨，對這個地方還算熟悉。

到了縣裡後，南文行直奔南街上的狀元樓。他最常接觸的是些小商販，醃蘿蔔本來就沒有幾分利潤，小打小鬧自然不行，來時南文錦囑咐他一定要找大酒樓，而他在泗寧縣只認識狀元樓的掌櫃。

說起南文行與狀元樓掌櫃盛子坤的相識過程，也算是巧合。盛子坤冬日外出喝醉了酒倒在路邊，南文行路過，認出他是狀元樓的掌櫃，便順路把他送了回來，盛子坤拿銀錢要感謝他，南文行卻說是舉手之勞不肯接受，盛子坤便說日後有什麼事情都可以來找他。

這是去年的事情了，南文行從來沒找過盛子坤，也不知這次上門人家還認不認識他。狀元樓門口的夥計肩膀上搭著條白布巾正在攬客，南文行一走過去，夥計就招呼道：「這不是南掌櫃嗎？」

南文行詫異地說：「小哥認識我？」

夥計笑道：「怎麼不認識，去年可不就是你把我們掌櫃的送回來的嘛，這一年也不見你上門，去哪兒發財了？」

「不敢不敢。」南文行忙擺手。「我今天來是想拜訪一下盛掌櫃的，不知方便嗎？」

「掌櫃的在裡面招呼朋友呢，我去喊一下他，南掌櫃先請進來。」

夥計一口一聲掌櫃喊得南文行很不好意思，這做夥計的眼睛就是好使，一年前不過見了他一面，到現在都還記著。

天剛擦黑，狀元樓內已經坐滿了來用飯的客人，大堂裡熱鬧非凡，只剩幾個空位，夥計直接領南文行進了雅間，然後替他上了壺茶，讓他稍等片刻。

南文行平日連鎮上的飯館都不常去，這還是第一次來縣裡的大酒樓，只覺得桌上鋪的布看起來都比他身上的衣料更值錢。

過了不到一盞茶的時間，盛子坤便走了進來，熱情道：「剛才忙著招呼朋友，讓南老弟久等了。」

南文行忙站起來，拘束道：「盛掌櫃客氣了。」

盛子坤將南文行按在椅子上，埋怨道：「這一年我一直等著南老弟上門，你倒真是貴人事忙。」

南文行不善言辭，被盛子坤似真似假的話說得滿臉通紅，不知該如何接話是好。

盛子坤見狀哈哈大笑道：「好了，不打趣你了，南老弟今日來可是有事？」

南文行忙將自己帶來的醃蘿蔔往盛子坤面前推了推，道：「盛掌櫃，這是家裡醃的蘿蔔，不知能否放到酒樓裡來賣？」

「醃蘿蔔？」盛子坤拿起桌上的筷子。「前幾日我聽客人說他在西田鎮吃到一種酸甜開胃的醃蘿蔔，簡直是人間美味……對了，我記得南老弟就是西田鎮人士吧？」

「對對對。」南文行忙點頭，心中有些激動。「如無意外，那客人說的醃蘿蔔便是我帶來的這種。」

「是嗎？」盛子坤用筷子挾了一塊放到嘴中，嚼了幾下後，滿意地頷首。「確實從未吃過，好吃。」

「那……」南文行滿懷希望地看著他。

盛子坤想了想，回道：「這樣，你先給我送兩百斤，以後每隔三日送一百斤給我，賣得好我再加。」

「真的？」南文行驚喜萬分。

自家小弟可是說齊家剛在鎮上賣的時候還是耍了些小手段的，沒想到到了縣裡竟如此順利。

南文行有些遲疑地說：「盛掌櫃，這醃蘿蔔成本不算低，所以價格也高一些。」

「多少銀子？」

「一斤要二十……三文錢。」南文行之前想著要如何定價，到底是怕賣不出去，不敢定高了。

「二十三文錢？」盛子坤皺了一下眉。

南文行忙道：「盛掌櫃，跟您說實話吧，這醃蘿蔔不是我做的，是我同村一戶人家做的，我從他那裡用一斤二十文錢得來，還得讓他一文錢的利，價格再低的話，我……」

「老弟啊……」盛子坤笑著打斷他，拍了拍南文行的肩膀。「你可真實誠，這性子不怎麼適合做生意。」

南文行臉脹得紅通通的，心想小弟也常這麼說他。

「這樣，我給你出個主意。」盛子坤道：「咬死一斤二十五文錢，誰講價都不要聽。」

「啊？」南文行詫異。

「行了，聽我的，你跟我過來。」盛子坤讓夥計將南文行帶來的醃蘿蔔盛到盤中，然後讓南文行端著盤子跟他走。

盛子坤將南文行帶入更大的雅間內，裡面坐了七、八個人，盛子坤笑著跟他們打招呼，然後讓南文行將醃蘿蔔端上去。

「這是我南老弟，開雜貨鋪子的，新上了一種醃蘿蔔，大夥兒嚐嚐。」

「醃蘿蔔有什麼好，夠鹹的。」一個四十多歲、穿著石青色綢緞袍子的人倨傲道。

這人的衣袍雖素，但料子極好，南文行認出了他，這是縣裡盧老爺家的大管家，姓朱，掌管採買事宜。

盧老爺算是縣裡有頭有臉的人物，女婿在陽安府做大官，自己家裡也養著田莊鋪子，吃的、穿的一向是上等貨。

「吃食嘛，就是講究個新鮮，你不嚐嚐，怎麼知道跟你以前吃的有什麼不同呢？」盛掌櫃笑道。

眾人聞言，紛紛拿起筷子品嚐，嚐過後皆是驚嘆——

「酸甜可口，確實好吃。」

「與以往吃過的醃蘿蔔的確不一樣。」

朱管家也露出了笑臉，點頭道：「不錯，我們老爺這幾日正好胃口不好，這東西倒是開胃得很。盛掌櫃，等會兒給我包起來一些，我帶回去。」

「我這裡現在也沒有，要從南老弟這邊訂，二十五文錢一斤，你們府上人多，也要吃醃菜，不若多訂一些。」

「你說得也對。」朱管家想了想，說道：「先給我送一百斤吧，明日能送到嗎？」

南文行心跳如鼓地回道：「明日怕是不行，三日……三日內送到府上可好？」

朱管家有些不滿意，卻也只能道：「三日就三日吧。」說著掏出一小塊碎銀遞給南文行說：「這是訂金。」

「那給我也來五十斤。」

「我府上人少，三十斤吧。」

「我也來五十斤，給家裡的夥計們添個菜。」

南文行跟眾人簽了契據，加上盛子坤的那兩百斤，算下來竟然有五百斤之多，除去要給齊淮的錢，他這一趟就能賺二兩銀子。南文行感念盛子坤，直言他訂的那些只收本錢一斤二十文。

盛子坤笑道：「舉手之勞，你對我那可是救命之恩啊。行了，趕快回去準備吧，生意人重諾，三日內你可得保證把東西送來。」

「一定一定。」

南文行歸心似箭，但夜路難行，只能先去堂哥家借宿一晚，翌日一大早天還未亮，他便急匆匆趕著牛車回南雲村。

就在南文行急著趕路回來時，雲宓和齊淮正在對齊朗說豬胰皂的事情。豬胰皂用料簡單，主要不過是豬胰子和草木灰。

富貴人家更喜歡吃牛肉跟羊肉，豬肉大多是窮人才吃，所以此時的豬肉價格並不貴，一斤豬肉只需要十文錢，豬胰子更是花不了幾個銅板。

草木灰是用植物燒出來的，不同的植物燒出來的鹼性也不一樣，這個雲宓做不來，得要由齊朗處理。

至於這豬胰子，連窮人家都不吃的東西，大量購買來會引人注意，有心人稍微一想便能猜出配方來，豬胰皂這東西可不像醃蘿蔔需要嚴格的比例，做出來過酸過甜都不好吃。

齊朗正拿著豬胰皂在水裡來回搓著，不住地感慨。「這東西好，雲娘可真是聰明啊。」被如此直白地誇讚，雲宓有些不好意思，齊淮則是看她一眼，笑了笑。

「買豬胰子倒也不是難事。」齊朗道：「找雲才就行了，他不是殺豬的嘛。」

「也是。爹，等晚上你找雲叔過來喝酒，我跟他聊聊。」雲宓道。

一家人商量定了，齊朗便拿起砍刀和兩個背簍上了山。

南雲村背靠青南山，山高林密，村裡人平常也就在近處打打野雞跟兔子還有砍砍柴之類的，只有獵戶才敢往深山裡走。

齊朗這次要去的地方是青南山的一處山坳，離南雲村有大半天的路程，那裡有一大片鹼蒿子，村裡人嫌遠也怕遇到危險，所以很少有人去。

至於雲宓，她拿了兩塊豬胰皂去了隔壁顧三娘那裡，當初做豬胰皂時大丫幫了她，她答應要送她一塊的。

雲宓向顧三娘和大丫示範了一下怎麼使用之後，顧三娘驚喜道：「這麼好的東西我們可不捨得用，妳快拿回去吧，這東西能換銀子的。」

「這是說好要感謝大丫的，嬸子別讓我做個不守承諾的人。」雲宓笑著道。

雲宓走後，大丫對顧三娘道：「娘，我知道這個怎麼做，很簡單的。」

顧三娘忙捂住大丫的嘴說：「記住了，知道也不許說，誰問都不能講，明白嗎？」

「知道了。」大丫懂事地點點頭，然後又開心道：「我以後可以用這個洗臉嗎？」

顧三娘有些寶貝地看著這兩塊豬胰皂說：「這是雲娘給妳的，妳想怎麼用就怎麼用吧。」

「謝謝娘，您一塊、我一塊。」

顧三娘看大丫開心的樣子，輕輕摸摸她的頭，笑了笑。

雲宓一從顧三娘家裡出來，便看到南文行趕著牛車匆忙而來。

五百斤的訂單，這是雲宓和齊淮都沒想到的。

南文行從水缸裡舀了瓢水咕咚咕咚喝下去後抹抹嘴，才將去了縣裡的事情一五一十說給齊淮和雲宓聽。

齊淮對南文行刮目相看，雖然這南文行為人憨厚，但實誠之人也有其做生意的方式，倒也難得。

三天內做五百斤不是個小數目，家裡已經沒有蘿蔔了，而齊朗又上了山，南文行便說自己去收蘿蔔，畢竟有牛車很方便。

南文行回家說了說這件事情，南世群夫婦也緊張起來，他讓大兒子南文良幫忙收蘿蔔，南文行的媳婦兒在鎮上看鋪子沒回來，邱雪便帶著大媳婦兒去雲宓那裡幫忙。

顧三娘和大丫也來了，一時之間齊朗家熱鬧了起來。

第八章　眼紅嫉妒

雲宓往鎮上賣醃蘿蔔的事情並不是秘密，每次賣都要用上村頭的牛車，但這次陣勢這麼大，引來不少村裡人圍觀，而雲老大家卻氣氛低迷。

「我聽說這醃蘿蔔可是雲宓做的。」雲老大磕了磕煙袋，沈著臉。「以前怎麼不知道她會做這個。」

「是啊，鎮上現在都傳開了，那三間飯館的醃蘿蔔全是她做的。」雲家大兒子蹲在一旁，面色也不好。「賣得可貴著呢，咱們家養她這麼多年，她倒好，一點兒也不想著家裡，真是一白眼狼。」

因為回門的事，雲老大家被村裡人閒話了好些日子，此時聽到這些話，呂桂蘭忍不了了，將手裡的針線一扔，抬腳就往齊朗家去。

齊朗家內，邱雪正與大兒媳還有顧三娘、大丫一起切蘿蔔，站在院外的一個婦人用胳膊撞了撞站在身邊的人道：「惠蓮啊，是不是後悔攛掇妳公爹跟齊老三分家了？」

當初齊朗帶著齊淮回到南雲村，老齊家尚未分家，齊老頭拿出銀子給病重的齊淮治病，前前後後花了有十幾兩銀子，齊朗賺的錢也拿去給他兒子看病，對家裡沒半點貢獻。

齊老大家的媳婦兒王惠蓮看不下去，這齊二郎的身子顯然是治不好了，齊老頭的錢是家裡的共同財產，這不就相當於全家人養著齊二郎嗎？要真治好了，家裡還可以說是多了個勞動力，可要是治不好，錢不都打水漂了嗎？

於是王惠蓮便吹枕頭風，讓齊老大去跟他爹提把齊朗分出去，齊老大起先不肯，他這個弟弟十多歲便背井離鄉，好不容易回來了，他們怎麼能這麼對他呢？最後抵不住王惠蓮在家裡鬧騰，齊老頭一氣之下便直接把家分了，三個兒子各過各的，齊老頭自己生活。

王惠蓮輕哼一聲說：「是啊，可不眼紅嘛，誰能想到這小妮子還挺旺夫的。」她可是聽兒子說了，鎮上的飯館裡一盤醃蘿蔔就要十一文錢呢。

看著齊朗家院子裡忙得不得了，王惠蓮心裡發堵，轉身就走，正好看見呂桂蘭匆匆朝這走了過來。

王惠蓮停下步伐，看著呂桂蘭直接走進院裡喊了聲。「雲宓呢？」

院中忙活著的人抬頭看過去，見是呂桂蘭，眉頭都皺了起來。這呂桂蘭把回門的雲宓打出來的事都傳到外村去了，她還有臉來？

「呂桂蘭，妳又想幹什麼？」邱雪瞪著她。

「雲宓是我們家的閨女，我為什麼不能來？」呂桂蘭理直氣壯地往屋裡走。

雲宓正在灶間內準備午飯，聽到呂桂蘭的聲音，不由得嘆了口氣。得，又來了。

呂桂蘭走進灶間，看到桌上擺著麵盆，旁邊還放著一隻殺好的雞，心裡不得勁，瞅瞅這日子過得真是越來越好了，也沒見她往家裡送些。

雲宓小心翼翼地往後退了一步，問道：「大伯母，您怎麼來了？」

呂桂蘭瞪了她一眼，說：「過來，我問問妳。」

雲宓有些害怕地往前走了兩步，又瑟縮著退了回來，一副不敢上前的樣子。

呂桂蘭鄙夷地看了她一眼道：「我聽說這醃蘿蔔是妳做的？我以前怎麼不知道妳還會這個呢？」

「我……」雲宓心知呂桂蘭這是眼紅上門來碰瓷了，於是道：「這是齊二哥教我的，我以前也不會。」

「齊二郎？」呂桂蘭明顯不信。「他一個大男人怎麼會這些？妳別騙我。」

「我沒騙您。」雲宓小聲道。

呂桂蘭不耐煩地擺擺手說：「算了，不管妳怎麼會的，我想學，妳教我。」

雲宓忍住翻白眼的衝動，心想這人臉皮可真夠厚的。

她閉了閉眼，醞釀了一會兒，突然眼淚汪汪地跑到院中開始哭泣道：「大伯母，不是我不想教您，只是這醃蘿蔔真是齊二哥教給我的，我要是教給您了，他會生氣的。」

呂桂蘭沒想到雲宓竟然就這麼嚷嚷出來了，氣惱地追出去罵道：「妳個賤胚子，妳、妳……妳簡直忘恩負義！」

雲宓忙躲到邱雪身後，邱雪不禁指著呂桂蘭道：「妳再敢動手試試？」

「唷，呂桂蘭，妳可真夠不要臉的。」一直等著看熱鬧的王惠蓮嘖嘖道：「憑什麼教給妳啊？」

「是啊，呂桂蘭，妳這是眼紅吧？」王惠蓮身邊的婦人幫腔道。

還有人出言嘲諷。「追到婆家來打人，還有沒有王法了？」

呂桂蘭本來也沒什麼臉皮，乾脆破罐子破摔。「她是我養大的，吃我的、穿我的，說不定還是在我家偷學的呢，怎麼就不能教我了？」

「人家可說了，那是齊二郎的方子，再說了，即便這醃蘿蔔是雲娘做的，跟妳也沒什麼關係。」王惠蓮不屑道：「按妳這說法，全天下都是妳的了。」

「王惠蓮，別瞎說。」邱雪嚇了一跳，忙喝斥她，天下是誰的這種話可不行亂說。

「呸呸呸！」王惠蓮忙在自己嘴上拍了兩巴掌。

「呵。」呂桂蘭冷笑一聲。「王惠蓮，妳是聽雲宓說這方子是齊二郎想出來的，想讓老齊家也來摻和摻和是不是？怎麼，分家後悔了？」

「可不後悔了嘛。」王惠蓮手插腰睨著呂桂蘭，一點兒也不覺得難以啟齒。「這要是沒分家，也有我一份呢，但我這人想歸想，最大的好處就是要臉，分家了就是分家了，不會沒臉沒皮地上門來鬧，也不嫌丟人，我呸！」

說著，王惠蓮對著腳邊就吐了一口唾沫。

「王惠蓮！」呂桂蘭氣得咬牙切齒，恨不得上去撕了王惠蓮的嘴，但她今天的主要目標可不是王惠蓮，便壓下心頭的惱怒，轉頭對著雲宓罵道：「雲宓，我可告訴妳，做人要講良心，妳賺了這麼多銀子，卻沒往娘家拿過一個銅板，我養妳這麼大，妳得報答我，這樣，妳要不給我十兩銀子，要不將醃蘿蔔的方子告訴我，就算是報答了養育之恩。」

雲宓往後縮了縮，低著頭，髮絲落在額前，正好擋住她的眼睛，看著弱小可憐又無助，無論呂桂蘭說什麼，她就是死活不開口。

邱雪看不下去了，正要說話，王惠蓮便嘴快道：「老天爺啊，快睜開眼看看，看看這世上鍋底一般厚臉皮的人。呂桂蘭，妳賣閨女賣了二十兩銀子還不算完？二十兩銀子啊，得虧齊家分了家，要是沒分家，這二十兩我追到妳家裡也得要回來，這老三爺兒倆傻，妳當我們齊家人都傻呢？」

「王惠蓮，跟妳有什麼關係？你們齊家可是分家了，妳可給我閉嘴吧！」呂桂蘭要被王惠蓮氣死了。

「是啊，我們齊家分家了，可我爹還在啊，若她給妳十兩，那我爹也得拿十兩，公平公正，誰也別想在背後幹齷齪事！」王惠蓮不以為意地說道。

呂桂蘭被逼得直接開罵了起來，王惠蓮又豈是那站著被罵的人，兩人眼看著就要打在一起了。

此時門口傳來一聲輕咳，接著便是一道潤澤的嗓音。「兩位大伯母，稍安勿躁。」

齊淮因為身體不好，不常在村裡走動，回來的時間又短，所以很多人沒什麼機會見到他，此時看到這氣質卓爾不凡的清俊男子，都詫異得不得了。

這齊朗明明長得又黑又壯的，養的兒子倒是白白淨淨，俊俏得很。

雲宓忙走過來扶住他道：「你怎麼出來了？」

齊淮拍拍雲宓的胳膊安撫了她一下，然後看向呂桂蘭說：「大伯母，回門那日小婿因為身體原因沒能同雲娘一起回去，在此跟您請個罪，還望您原諒。」說著對呂桂蘭微微躬了躬身，行了個禮。

俗話說伸手不打笑臉人，這村裡都是些沒文化的大老粗，難得有人如此文雅地說話，把人都說愣了，呂桂蘭頓時一口氣堵在喉頭，不知道該不該罵下去。

「雲娘年紀小，孩子氣，做事衝動，若是衝撞了大伯母，我也替她賠個不是。」齊淮又對呂桂蘭拱了拱手。「雲娘既嫁到我家裡來了，事事自有我替她擔著，大伯母有什麼事情儘管同我說，我家總共就三口人，我爹年紀大了不管事，我還是能當家作主的。」

「是啊，二郎才是當家作主的人，雲娘說了可不算。」王惠蓮嗤笑一聲。言外之意，妳要是想要醃蘿蔔的方子，得問齊淮。

呂桂蘭被說得一愣一愣的，一時之間不知道該怎麼答腔，好一會兒才有些底氣不足地說道：「我們養雲娘這麼大，你們現在發達了，總不能忘了娘家人吧？」

「自然。」齊淮點頭。「這醃蘿蔔的生意確實賺了些銀兩，但大伯母也知道，我成親時花費了不少銀兩，都是我爹四處借的，這些銀錢可要還人，為了還銀子，我爹進山時還受了傷。」

「可不就是為了那二十兩銀子嘛。」王惠蓮想想就來氣。

齊淮一下子說了太多話，不禁咳了幾聲，雲忞忙幫他拍背。

緩了緩，齊淮又繼續說道：「我家窮，雲娘嫁過來後穿的衣裳都是打著補丁的，我就想著有銀子時要給雲娘做身新衣裳。」

「這才成親幾天，衣裳都是打補丁的？怎麼，二十兩聘禮沒拿出些來給雲娘做身衣裳穿？」王惠蓮溜著縫地落井下石。

「是啊，雲娘嫁人時可是沒有嫁妝的，誰家姑娘出嫁像她這樣？」邱雪也忍不住說道。

呂桂蘭不屑道：「我養她那麼大，吃了多少苦，那是她該回報給我們的。」

「是，大伯母說得對。」齊淮頷首。「自是該回報的，只是我沒本事，身子病弱得靠雲娘照顧，也不知道哪天就不行了，想著能多給雲娘留點銀子傍身，蓋間好一些的房子，不讓她和我爹吃苦……」

齊淮一番話說下來言辭懇切、有理有據，村裡不少人為之動容，看呂桂蘭的眼神活像她是來逼良為娼的惡婦。呂桂蘭雖然越聽越覺得不是那麼回事，但又不知道該如何反駁。

「還有一事，小婿得同大伯母商量一下。」齊淮姿態放得很低，讓呂桂蘭想發難都找不到藉口。

「什麼事？」呂桂蘭不耐煩道。

「雲娘既已嫁給了我，自是夫婦同體，以後大伯母要是想教訓雲娘，請先知會小婿一聲，我自替她擔著受著。」齊淮臉上帶著謙和的笑，一派溫文儒雅。

呂桂蘭的臉色在青、紫間變換，嘴唇抖了半天，居然一句話都說不出來。她對著雲宓還能發狠耍無賴，對著齊淮還真不敢。

一則對方是個男人，二則這要是被齊朗知道了，非得去找她拚命不可，誰都知道齊朗可寶貝他這個兒子了。

見事情處理得差不多了，齊淮轉頭對雲宓道：「雲娘，給大伯母拿些醃蘿蔔帶回家，讓大伯父他們嚐嚐。」

瞧雲宓的表情有些不情願，齊淮笑笑，低聲道：「去吧。」

雲宓這才進了灶間，拿竹筒裝了些醃蘿蔔拿出去遞給呂桂蘭。

呂桂蘭饒是臉上過不去，但有便宜她怎麼可能不占，這在鎮上吃一盤超過十文錢呢。

就在呂桂蘭伸手打算接的時候，雲宓像是嚇到了一樣驚慌地往後躲，齊淮抬手在雲宓肩膀上輕輕扶了一下，然後接過她手裡的竹筒遞給呂桂蘭道：「大伯母別介意，雲娘就是膽子比較小。」

旁邊的人見了，又評論道——

「看看把雲娘嚇的，以前在雲老大家也不知道過的什麼日子。」

「是啊，跟老鼠見了貓似的，她自小就沒有了爹娘，真可憐啊。」

王惠蓮哼笑一聲道：「怎麼好意思要的？」

呂桂蘭憋著一口氣來又憋著一口氣走，對手要是王惠蓮這種人，她肯定把她罵個狗血淋頭，要不然打一頓也行，可偏偏雲宓除了哭就是縮在一旁，讓她有勁無處使，也不知道這個臭丫頭是真傻還是裝的。還有這齊二郎，也不是什麼好東西，綿裡藏針的。

這邊呂桂蘭剛走，那邊齊老頭便扛著一個大麻袋走進了院中，一言不發地將麻袋放下。

「阿公。」齊淮喊了一聲。

齊老頭含混地應了一聲便逕自走了出去，路過王惠蓮身邊時看了她一眼，王惠蓮訕訕地喊了聲「爹」就轉身跑了。

王惠蓮還挺怕她這個嚴肅的公爹，自從攛掇著她相公分家後，她也不敢在齊老頭面前晃，這見著了可不嚇壞了嘛。

齊老頭走得快喊不住，雲宓上前打開麻袋，就見裡面全是蘿蔔，應該是聽說他們急著收蘿蔔特地送過來的。

邱雪道：「二郎啊，你剛回村不曉得，你阿公這個人就是不愛說話，其實人很好的，你大伯母這個人就是嘴上厲害點，不肯吃虧，但她也不占別人的便宜，鄉下人家誰都過得不容易，分家的事你別往心裡去。」

「知道了，嬸子。」齊淮忍不住咳了幾聲。

雲宓忙走過來。「快回屋，別站在外面吹風，這要再病了可壞了。」

見雲宓扶著齊淮就往屋內走，顧三娘忍不住笑道：「二郎啊，這家裡的事你作主，切蘿蔔的事誰作主啊？」

院內傳來幾聲婦人的笑聲，齊淮知道是顧三娘故意調侃，也不惱，溫和道：「自然是雲娘作主，家裡家外都由她。」

雲宓扶著齊淮回了屋，還能聽見外面那些嬸子笑著說——

「這小倆口還挺般配。」

「是啊，看著感情也好呢。」

「成了婚，二郎的身體也越來越好了，怕是過不了多久，齊朗就要抱孫子了。」

雲宓摸了摸有些發紅的臉，嘆口氣道：「我臉皮原來還挺薄的。」

齊淮看她一眼，笑道：「還行，裝哭的時候也不是特別薄。」

雲宓不禁看了齊淮一眼。今天齊淮還挺令她意外的，她一直覺得他是文弱書生，沒想到嘴皮子這麼溜。

將齊淮安置在炕上，雲宓替他沖了蜂蜜水，看著他喝下後，才出去繼續做飯。

因為是臨時找大夥兒來幫忙，家裡沒什麼準備，雲宓便又做了雞蛋灌餅，上一次自己炒的醬也還有，餅做得大一些，一個人吃兩張餅應該夠，再做一道豆腐白菜湯，切點鹹豬肉放進去，配著餅吃。

饒是早就吃過雲宓做的東西，對她的手藝心裡有數，這雞蛋灌餅還是吃得眾人連連稱讚。

邱雪道：「這餅是怎麼做的，又酥又香。」

南文良的媳婦兒說：「這個醬怎麼如此好吃，裡面還有肉末。」

顧三娘點頭道：「雲娘這手藝可以去開館子了。」

大丫只知道埋頭吃，吃完又拿了張餅。

雲宓多做了幾張餅放在籃子裡，對大丫道：「大丫，妳幫姊姊送去給阿公。」

「好。」大丫聽話地拎起籃子往齊老頭家裡去了。

大家吃飽飯後繼續幹活，南文行和南文良兄弟倆也送了蘿蔔回來，雲宓又為他們做了幾張餅。

上次南世群帶回去的白菜鹹肉餅幾個人分了，一人也就分了一口，這次兩人各吃了三張餅，最後邱雪看不下去了，喝斥道：「怎麼，上輩子沒吃過飯？」

南文行憨笑一聲道：「雲娘做得太好吃了，我從來沒吃過這麼美味的餅。」

一旁的南文良則是摸了摸鼻子，沒好意思說話。

天擦黑時，齊朗揹著兩個背簍的草木灰從山上下來了，得知五百斤訂單的消息後大喜，暫時將豬胰皂的事往後放，先幫忙完成這筆大訂單。

盛醃蘿蔔的木桶沒有了，翌日南文行跑了一趟鎮上買了幾個木桶回來。

幾個人忙個不停，齊淮身子弱，幫不上忙，只能站在一旁看著，看著看著便皺了眉，總覺得腦子裡有些東西卻抓不住。

「齊二哥，商量件事唄。」雲宓突然湊了過來。

「嗯？」齊淮看向她。

可能是這段日子吃食還算不錯，雲宓以前那張面黃肌瘦的小臉有了些血色，不過還是瘦小得很，站到他面前時，頭頂才到他胸口。

雲宓洗了手，將手在圍裙上擦了擦，然後對他招招手道：「你進來，我跟你說。」

小倆口大白天又貓進屋裡去了，惹來眾人一陣調笑。

齊淮慢慢走進屋，就見雲宓動作俐落地為他沖了蜂蜜水。這些日子齊淮已經習慣每天喝兩杯蜂蜜水，這不像喝藥似的有確切時間，一般都是雲宓什麼時候想起來就什麼時候沖，慢慢形成兩人之間的小默契。

「妳說。」齊淮端著杯子慢慢喝著，等著雲宓開口。

因為院裡有人，這房子又不怎麼隔音，所以雲宓坐得離他很近，聲音也很低。「齊二哥，我是這麼想的，之後還要做豬胰皂的生意，這醃蘿蔔跟豬胰皂都是咱們家的，但是大家不知道啊，必須想個辦法讓他們知道東西是從哪兒買的。」

「是，妳說得對。」齊淮笑了，他就說他一直忽略了什麼東西。

雲宓想了想，又道：「看看富貴居、飄香樓，咱們也起個名字吧，不如就叫……」她思索片刻後說：「齊家雜貨？這樣通俗易懂，還好記。」

齊家雜貨？齊淮被雲宓逗笑了。「還真是言簡意賅。」

頓了一頓，他說道：「幫我把紙筆拿來。」

第九章　虛驚一場

紙筆都是貴重物品，一般人家用不到也用不起。

雲宓小心地拿出一張紙鋪到桌面上，然後拿了硯臺為齊淮磨墨。

齊淮執起毛筆，蘸取少許墨汁，想了想後便開始下筆寫字，雲宓好奇地湊過去瞧瞧。

「雲記。」雲宓眼前一亮，忍不住誇讚。「你這字寫得可真漂亮。」

爺爺喜好書法，閒來無事也會在家裡寫幾個字，自家牆上掛了許多字畫，雲宓不說精通書法，但是好壞還是能看出來的，齊淮這字雖然因為他體弱而少了幾分力道，卻明顯練過許多年，可說是大氣磅礡。

「雲記，還挺好聽的，比齊家雜貨好多了。」雲宓又誇道。

齊淮笑了，問道：「妳識字？」

雲宓忙搖頭，謙虛道：「略識得幾個簡單的而已，不值一提。」在這個朝代，她確實只認識幾個字，有些還是靠形狀辨認的。

「挺好的，等得了空，我教妳認字。」

「真的？」雲宓豈會放過這個機會，知識是人類進步的階梯，拒當文盲，從自身做起。

雲宓忙放下墨，對齊淮躬身行了一禮道：「老師在上，請受學生一拜。」

「免禮、免禮。」齊淮托了一下她的胳膊，開玩笑道：「拜師可是要交束脩的。」

「好說、好說，等忙過這一陣，學生就給老師做好吃的。」

「可。」齊淮煞有介事地點了點頭。

開過玩笑後，齊淮看向雲宓道：「將這『雲記』二字刻在木桶上面，妳覺得可好？」

雲宓托著腮想了想，說道：「要是再有個標記就好了，簡單一點的，跟名字一樣，讓人一眼就能記住，以後也不會找錯。」

「標記？」齊淮想了想，然後提筆在紙上畫了一朵空心的雲彩。「雲記，雲的標記。」

簡單明瞭、好看好記，雲宓不住地點頭說：「可以、可以。」

齊淮在每個木桶上寫了字又畫了標記，讓齊朗拿去用刀刻好描上顏色。

看著幾個寫了雲記的木桶，雲宓突然覺得有種滿足感，她要做這個朝代最大的供貨商，還要開連鎖店，把雲記的東西賣到各處去，成為全國首富。

幻想了一會兒，雲宓拍了拍自己的臉，心想：回到現實吧，妳的雲記現在只有幾桶醃蘿蔔，妳家房子還是破的呢。

唉……

第三天時醃蘿蔔全都做好了，一早南文行便趕著牛車往縣裡去，他這一走，齊朗家終於清淨了下來。

雲宓為邱雪婆媳倆還有顧三娘母女結算工錢，可邱雪婆媳倆卻怎麼也不肯收。

「妳們若是不收，便算在給南二哥的銀錢裡，以後再也不用妳們幫忙了。」

聽雲宓說了重話，邱雪婆媳這才收下。

這幾天太累，晚飯雲宓煮飯時不想做得太複雜，便用雞蛋和了麵，做了一鍋陽春麵，齊朗配著醃蘿蔔吃了三大碗。

齊淮身體好轉，飯量也增大許多，但雲宓還是沒允許他吃太多，怕積食。

吃完飯後齊朗便去燒水說要給齊淮準備藥浴，還從屋內找出了一個半人高的浴桶。

藥浴啊……不就是洗澡？

一提洗澡，雲宓便覺渾身發癢。她嫁過來後只能每天晚上用盆子端了熱水在屋內擦一擦，她好想洗個真正的熱水澡。

可雲宓又不好意思開口，要把這半人高的浴桶裝滿水不是個小工程，她這發育不良的小身板可拎不動那個木桶。

她也不可能跟齊朗說：「爹，我要洗澡，您幫我燒水吧。」

這哪是媳婦兒跟公爹說的話啊！

恰巧顧三娘過來送前幾天做的衣服，外袍尚未做好，但一家人的裡衣顧三娘熬夜做好了，雲忞摸著這綿軟的布料，更想洗澡了。

雲忞拿著衣服送到齊淮屋裡道：「這是裡衣，你……洗完以後可以換上。」說著還欣羨地看了屋內的木桶一眼。

齊淮一抬頭，正好看到雲忞的眼神，這才後知後覺地察覺她的需求。他很小便離了家，長這麼大都沒怎麼跟女人打過交道，很多事情上沒想得這麼周到。

他走出內屋，小聲地對齊朗說了幾句，齊朗黝黑的臉上看不出什麼表情，只點了點頭，然後開始拎熱水往浴桶裡倒。

倒好水後，齊朗又拎了一桶熱水放在一旁，便出了家門。

「爹去哪兒了？」雲忞問。

「去雲叔家問問豬胰子的事。」之前忙著醃蘿蔔，倒把這件事給耽誤了。

「喔。」雲忞點點頭。「那、那你快去洗藥浴吧……」好羨慕，她都有些嫉妒了。

「不急。」齊淮指指屋內。「妳先洗吧。」

「啊？」雲忞驚訝地看向他。

「是我的疏忽，之前沒想到。」齊淮溫聲道：「這浴桶一直是我用的，爹沒用過，妳要是不嫌棄，先將就著用，等明日我讓爹去木匠那裡幫妳訂做一個。」

「怎麼會嫌棄呢！」雲宓忙擺手，都洗不起澡了，哪還有挑浴桶的道理。

雲宓喜孜孜地拿了新裡衣往屋內走，身後傳來齊淮的聲音。「把燈熄了，不然窗戶上能映出影子來，我就在門口，有事喚我。」

這下雲宓舒舒服服地在水裡泡了半個時辰，用豬胰皂好好搓洗了全身上下一番，然後換上舒適的裡衣。

屋內燃起了燭火，雲宓推門出來，尋到了坐在院中、拿著樹枝在地上不知寫著什麼的齊淮。

「你在做什麼？」雲宓在齊淮身邊蹲下。

淡雅而不知名的香味縈繞在鼻間，齊淮看了身邊的人一眼，只見雲宓散著一頭長髮，還有些濕。

「把頭髮擦乾，不然會著涼。」齊淮道。

「好。」雲宓應下了卻沒動，眼睛還盯著地面，藉著月光，能看到地上畫的好像是個圖形。

「這是什麼啊？」

齊淮站起身，順手扯了雲宓一把，然後轉身往屋內走，邊走邊道：「妳不是說做那個什麼皂……」

「肥皂。」

齊淮點頭道：「對，肥皂，需要不停地攪拌嘛，我就想能不能做個省力一些的東西來分擔一下。」

雲宓眼前一亮道：「對啊，就像是用石磨推豆腐一樣，那你想出來了嗎？」

「有點兒頭緒了，不過還需要一些時間。」

「好，不急。」雲宓嘴上這麼說，心裡卻急道：那你快點研究啊，我想賺錢，瘋狂想賺錢蓋大房子！

「急啊，怎麼不急。」齊淮笑笑。「咱們家房子還是太小了，住起來不方便。」

「一定會蓋大房子的。」雲宓憧憬道：「到時候要有一個專門用來洗澡的浴室，每天都洗。」

齊淮笑了笑，應道：「好。」

就在雲宓為了怎麼把洗澡水倒出來這件事發愁時，齊朗回來了。

眼看齊朗直接用雙手將浴桶整個搬到院中倒水，雲宓不禁目瞪口呆，獵戶就是獵戶，可真厲害啊。

鍋裡還有熱水，齊朗將準備好的藥材放進浴桶，趁著齊朗去提熱水，雲宓忙拿出白瓷瓶，將裡面的靈泉水全倒進了浴桶內。

齊淮去洗藥浴了，雲宓便托著腮坐在灶前燒火，順便用棉布擦頭髮，屋內的齊朗說道：「我跟阿才約好了，從明天起他幫咱們收豬胰子，他說一斤兩文錢就行，我作主給他五文錢，行嗎？」

「雲娘覺得呢？」是齊淮的聲音。

雲宓忙站起來走到內屋門口應道：「可以。但是，爹，雲叔能保密嗎？」

「他嘴很嚴實，我已經囑咐好了，放心吧，就是他……要妳以後多做點好吃的給他。」

「太簡單了。」雲宓有些興奮，但又說道：「不過還有個問題。」

「什麼？」齊淮問。

「這豬胰皂得有形狀。齊二哥，你幫我畫幾個圖樣，像是正方形、花瓣形、圓形的，總之要讓它們形狀不同但做出來的重量一樣，找木匠造出模具，方便咱們做肥皂。」

「好，我懂了，等會兒便幫妳畫。」

洗完藥浴後，齊淮穿上新裡衣靠在被褥上，雲宓幫他安了小桌在炕上，讓他拿筆在紙上比劃。

雲宓遞上之前做好的豬胰皂給他看，說道：「大小這樣就可以。」

她自己做出來的形狀不規則，但跟前世用過的肥皂大小差不多，記得一塊一般約一百公克左右。

齊淮有了參照物，便低頭畫了起來。

雲宓等在一旁，忍不住悄悄瞥了他幾眼——散著頭髮的病弱美男，說實話還挺好看的。

齊淮很快便畫好圖樣交給雲宓，她忙收回心神，對齊淮道謝後，便跳下炕跑了出去。

等模具做好，就可以做豬胰皂了，一斤五文錢的豬胰子加上草木灰能夠做好幾塊肥皂，這成本很低，她有些迫不及待了。

翌日一大早，雲宓起床先去為齊淮煎藥，這幾日他每天早晨醒了以後會到院中走一圈再回去小憩一會兒，但今天早上卻沒出來。

齊朗道：「可能是昨天洗藥浴累著了吧，大夫說每次洗藥浴後都會比較疲憊，他可能要多睡一會兒。」

雲宓便將藥溫在一旁，準備等齊淮醒了讓他喝，接著拿了昨日換下來的衣服去洗，有了豬胰皂，洗衣服也方便了很多。

等到雲宓衣服洗完晾曬起來，又做好了午飯，而齊朗也拎了幾條魚回來時，已經到快要吃午飯的時間了，齊淮還未醒。

「還沒醒？」齊朗也覺得有些納悶。「該醒了啊，我去瞧瞧。」

齊朗進了屋，片刻後傳來他著急的聲音。「二郎……醒醒，你醒醒啊！」

雲宓心裡打了個突，忙跑進屋，只見齊朗跪在炕上搖晃著齊淮，齊淮似是被晃醒了，迷糊著睜開眼睛，下一刻，突然嗆咳了一聲，然後吐了一口血出來，隨即暈了過去。

「二郎！」

齊朗面色一變，跳下炕就往外走。「雲娘，妳照顧他，我去找郎中。」

齊朗轉眼便不見了人影，雲宓心跳加速地走到齊淮身邊，那鮮紅色的血跡讓她呼吸有些急促。

不會是因為昨天晚上齊淮洗藥浴時，她往木桶裡加了靈泉水的關係吧？

齊淮喝了靈泉水這麼多時日都沒發生什麼事，齊朗的傷口癒合情況也很良好，但如果不是靈泉水的問題，齊淮明明已經快要好起來了，又怎麼會忽然這樣？

「齊淮？」雲宓拿了棉布替他擦拭嘴角的血跡，卻見齊淮閉著眼睛、臉色蒼白，一動也不動。

雲宓握住齊淮的手，發現他像是被抽乾了力氣一樣，渾身軟綿綿的。她更慌了，小心翼翼地伸出手去探齊淮的鼻息。

「我沒事。」

見齊淮突然開口，雲宓也不知怎麼的，眼淚唰地一下就掉了下來，她忙用手背擦了一下眼睛，問齊淮。「你哪裡不舒服？」

齊淮費勁地喘了好一會兒氣，才用很輕很輕的聲音慢慢道：「我就是有些無力，別慌。」

他覺得自己疲累異常，連根手指都動不了，可全身卻很舒服，像是卸去了很多負擔，整個身體都很輕盈，不像以前那般周身冰涼，反而渾身暖洋洋的。

雲宓不知道該怎麼辦，也不敢離去，就握著齊淮的手坐在一旁陪他。他的手實在軟綿無力，讓雲宓有些害怕。

村裡的郎中很快便來了，他執起齊淮的手把脈，雲宓和齊朗則緊張地站在一旁等候。郎中的眉頭漸漸皺起，雲宓與齊朗的心也提了起來，齊朗沒忍住，焦急地問道：「到底怎麼樣了？」

沒想到，郎中像是遇到了什麼難題一樣，疑惑道：「你們給他吃什麼，或者是做什麼了？」

「沒吃什麼啊？」齊朗回憶了一下。「藥是縣裡御春堂的大夫開的，昨天晚上讓他泡了個藥浴，但藥浴以前也泡過，沒出現過這種情況。」

「這樣啊。」郎中想了想。「沒什麼事，他就是有些疲憊，但二郎這身體可比之前好多了。」

「真的嗎？」齊朗驚喜道。

「嗯。」郎中點頭。「以前像是被掏空了一樣，現在慢慢填補回來了，至於為什麼吐血，我也瞧不出什麼來。眼下這吐血不是件壞事，你們要是不放心，就去縣裡請大夫來瞧瞧，反正現在這脈象在我看來沒什麼大礙，只要仔細養著，會慢慢好起來的。」

郎中想了想，又道：「這症狀倒像是得了什麼好藥，可一下子吃猛了，起了反效果，但總體上對他的身子好，如果是藥浴的作用，這幾日先別泡，等過個十天半個月，可以再泡一次試試。」

聞言，雲宓一顆懸著的心終於安定了下來。聽郎中的意思，這靈泉水對齊淮的身體很有益處，可能是昨天自己一時倒得太多了……

對不起，齊二哥。雲宓默默在內心道了個歉，是她魯莽了。

郎中剛離開沒多久，齊淮便徹底清醒了過來，看著精神還行，只是渾身無力，起不了身。

「你有沒有哪裡不舒服啊？」雲宓趴在齊淮身邊眼巴巴地瞅著他。

齊淮虛弱地笑了笑，道：「我很好，就是餓了。」

「我這就去做飯。」雲宓急忙去了灶間為齊淮做吃的。

齊朗幫忙雲宓處理好了拎回來的魚，然後道：「今天先喝魚湯，明日我再殺隻雞。」

原本齊淮好不容易能吃些有滋味的飯菜了，這下又要每天喝營養湯，雲宓都替他無奈。

屋內，齊朗將齊淮扶起來，將沾了血的床單換了新的。

齊淮道：「爹，等會兒你把我昨夜畫的圖紙送到木匠那裡去，每個模子訂五個。」

「明日吧，我在家裡看著你，否則我不放心。」

「我沒事，現在其實舒服得很，而且不是還有雲娘在嘛，你去吧。」

齊朗這才拿了換下來的床單和圖紙出去，把圖紙送給木匠後，他便端著木盆往河邊去。

今日天氣好，河邊有好幾個婦人在洗衣服，齊朗找了個地方蹲下，一言不發地開始洗。

王惠蓮就在一旁，看到他來洗床單，嘖了一聲道：「哪有大男人洗衣裳的，你家雲娘呢？」

齊朗悶聲道：「大男人怎麼就不能洗了？」

「不就說兩句嘛，急什麼。」王惠蓮翻了個白眼。「不過瞧雲娘那小身板，洗衣擰不擰得動衣裳還不一定呢。」

齊朗悶不吭聲，埋頭用棍子在床單上敲打著。

「你那樣敲不行，別給敲破了。」王惠蓮忍不住走過來要去拿青石板上的床單。「行了行了，我來幫你洗。」

「不用。」齊朗躲了一下。

「嘿，齊老三，你別跟我鼻子不是鼻子、眼睛不是眼睛的，怎麼著，我幫你洗，你還不樂意了？」

齊朗說不過王惠蓮那張嘴，乾脆把床單一扔，自己走了。

王惠蓮哼了一聲，端著木盆走到自己的老位置開始洗。

「我說惠蓮啊，妳真是熱臉貼人家冷屁股啊，人家齊老三可不領情。」旁邊的婦人笑道。

「我管他領不領情，妳不知道自從分了家，我家那口子看我就不順眼，我這不也有些心虛嘛。」

「那要是再來一次，還分家嗎？」

「分啊，當然分，誰家嫌錢多啊！」

魚湯煮好了，雲宓跪坐在炕上餵齊淮喝，吹一下放涼後，再餵給齊淮。

「我可以自己來。」齊淮被雲宓當成小孩對待，有些無奈。

「你手都抬不起來，還是我來吧。」

齊淮確實也沒什麼力氣，只能由著她。

雲宓做的飯菜自是不用說，這段時間齊淮每天都能喝到這樣嫩白鮮美的魚湯或雞湯，但每次喝的時候都還是覺得像第一次一樣驚豔。

雲宓一邊餵他一邊安慰道：「齊二哥，你別怕，說不定這次就是排毒養顏呢。」

「排毒養顏？」齊淮琢磨了一下這個新鮮詞彙，然後笑了起來。「妳說得對，排毒養顏。」

雲宓的視線在齊淮臉上轉了轉，又落在他的手上。還真別說，她覺得齊淮的皮膚似乎更白了，也不知是不是錯覺。

她忍不住想摸一下齊淮的臉，但覺得好像有些突兀，那就摸手好了。

雲宓飛快地伸手摸了一下齊淮搭在桌上的手，然後又若無其事地收回手。確實還挺滑嫩的，比她的強，要是把這靈泉水用一點點在豬胰皂裡，會不會有養顏的作用呢？

說起來，每次做醃蘿蔔她都會往裡面加一滴靈泉水，味道確實不錯，而且不管什麼時候吃都清脆可口，可見這靈泉水作用不少。

齊淮被雲宓的動作驚了一下，不可思議地看了她一眼。

可雲宓卻若無其事地盛了一勺魚湯餵到齊淮嘴邊，輕喊道：「啊……」

齊淮乖乖張口把魚湯喝下去了。

第十章　大量製皂

「雲娘？」外面傳來女人的呼喊聲。

雲宓拿起帕子替齊淮擦了擦嘴角，然後出了內屋，只見王惠蓮站在院中，將木盆往地上一放道：「這是妳家的床單，洗好了。」

「啊？」雲宓驚訝不已。「不是我爹去洗的嗎？」

「一個大男人洗衣服，看著夠費勁的。」王惠蓮擺擺手。「行了，我走了。」

「大伯母，等一下。」雲宓沒搞清楚現在是什麼情況，但還是動作俐落地從鍋裡拿了幾個鹹肉包子，又裝了一竹筒醃蘿蔔給她。「包子是我剛剛做好的，您帶回去給孩子吃。」

「這……怎麼好意思？」王惠蓮難得有些手足無措，但鍋蓋一打開後，包子的香味都散了出來，她不由得嚥了嚥唾沫，自己做的包子怎麼就沒這麼香呢？

「而且這醃蘿蔔老三之前已經送過，家裡還有，就不用了。」王惠蓮眼睛瞅著包子，嘴裡說著客氣的話。

「都是一家人，家裡醃蘿蔔多，大伯母您就拿著吧。」雲宓將東西塞到王惠蓮手裡，她這才接過，歡喜地走了。

雲宓心想，這個大伯母其實人還不賴嘛。

之前她不知道齊家的事，現在明白了一些，又覺得齊老頭也挺好的，於是用籃子裝了些包子和魚湯送去給齊老頭。

齊老頭家離齊朗家不遠，在竹林旁邊，有兩間土屋一個小院，一個人住。

他看到雲宓，皺了皺眉說：「不要總送東西過來，留著給二郎吃。」

「家裡有，而且我做飯好吃。」雲宓道。

齊老頭可能沒見過如此自誇的人，一時沈默起來。

雲宓發現齊老頭和齊朗還挺像的，都不善於言辭，印象中齊家老大好像也不愛說話，至於齊家老二，原主的印象中他在十幾歲的時候便得重病沒了，所以齊家就只有齊老大和齊朗兩房。

「阿公，您在做什麼？」雲宓見齊老頭院子裡有幾個類似櫃子的半成品，旁邊還有幾塊大木頭。

「幫妳和二郎打套家具。你們成親太倉促，什麼都沒有。」齊老頭道。

「您會做木匠活啊？」雲宓眼前一亮。「那我爹怎麼還把模具交給別人做，為什麼不來找您？」

「什麼模具？」齊老頭皺眉。

「……沒什麼，我先回去了。阿公，您趁熱吃。」雲宓說完便一路小跑著回到了家。

齊朗已經回來了，不知從哪兒弄來一塊大石頭，正拿著鐵錘和鐵鑿子在敲打。

之前雲宓提過，做豬胰皂要把豬胰子砸得很爛，最好能有個很大的石臼，沒想到齊朗這麼快就找來了。瞧著這石塊的大小，估計每次捶個幾十斤豬胰子都不成問題。

「爹，大伯母把被單送回來了，我拿了些包子給她。」雲宓道。

「嗯。」齊朗點了點頭，看不出有什麼情緒。

雲宓進了屋，齊淮可能是吃過飯有了些力氣，看著臉色好了很多，她抬手摸了摸他的額頭——不燙，皮膚確實挺滑嫩的。他現在還太瘦弱，等養好了身體，一定會變得很好看。

想著想著，雲宓穩了穩心神，小聲問道：「齊二哥，阿公說要幫咱們打一套家具，說咱們成親太倉促，什麼都沒有，到時候咱們要嗎？」

「要啊。」齊淮點頭。「阿公人很好的。」

「那……」雲宓往門外看了一眼，湊近齊淮，低聲道：「阿公會做木匠活，爹卻把模具給了村裡的木匠做，沒去找阿公。」

「嗯……」齊淮想了想，也壓低了聲音。「爹心裡有些怨氣吧，當年朝廷徵兵，一家必須出一個人，那時候大伯已經成年還成了婚，二伯為了治病需要很多銀子，若是大伯去當兵，家裡就沒了壯年勞力，靠阿公一個人養不活這一大家子，所以最後便讓爹去了，那時候爹不過才十多歲。」

「這樣啊。」雲忘嘆了口氣。「我好像多嘴了，我把做模具的事告訴阿公了。」

「無妨。」齊淮緩緩搖搖頭。「阿公當年也是沒辦法，強制徵兵是朝廷無能，百姓不過掙扎求生而已，其實爹心裡還是尊敬阿公的，只是這麼多年沒見，一時之間也熱絡不起來。」

齊淮想到雲忘回來時亮晶晶的雙眼，挑了一下眉說：「妳是不是有事想要阿公幫妳做？」

雲忘訕笑一聲道：「你看出來了啊？」

齊淮笑道：「說吧。」

「既然阿公要打家具給咱們，我能要求一下樣式嗎？」雲忘眼巴巴地看著齊淮。

「說來聽聽。」

雲忘開始對齊淮比劃起現代衣櫃內的格子與衣架的樣式。「這樣衣服上就沒有皺褶了，拿起來也方便。」

「聽起來倒是不難，需要我幫妳畫圖嗎？」

「不用，我能跟阿公說明白。」雲忘道。

齊淮感染了她的興奮之情，忍不住勾了勾唇角，溫和道：「行，妳自己去跟阿公說吧。」

「那我去了。」雲宓說完就提起裙襬往外走。

「等一下。」齊淮喊住她。

「怎麼了？」雲宓轉頭看著他。

齊淮有些不太好意思地說：「妳……今天還沒替我沖蜂蜜水。」

「喔，我忘了。」雲宓忙沖了杯蜂蜜水，也沒遞到齊淮手裡，而是直接餵到他嘴邊。

齊淮無奈地嘆了口氣，只能就著雲宓的手讓她餵著把水喝下。

喝完後，齊淮皺了皺眉道：「這蜂蜜水的味道與以往似乎有些不同。」不若以往的甘甜，之前喝了嗓子會很滋潤，今天卻沒有這種感覺。

「是嗎？」雲宓眨眨眼。「蜂蜜是一樣的，不至於如此吧。」

她今天沒放靈泉水，一是她暫時不太敢給他喝，怕補過頭了，會再出什麼問題；二是這靈泉水要兩天左右才能裝滿一瓶，昨天全進了浴桶，剛剛才補回了一些而已。

「這樣啊。」齊淮也有些猶疑。「那可能是我的問題。」

「嗯，就是你的問題。」雲宓肯定地說完後便一溜煙地跑走了。

齊淮忍不住笑了一聲，摸了摸自己的額頭，視線又落在自己的手背上，雲宓這些日子活潑了許多，挺好的。

雲宓又去了一趟齊老頭那裡，向他描述了衣櫃的樣式，齊老頭起先還不當回事，聽下去之後覺得還挺新奇的。

但鄉下人不比有錢人家左一套衣裳、右一套大袍，一個季節也不過兩、三套服裝輪流穿，能有個放衣物的箱子就不錯了。但齊老頭沒多說什麼，只道會按照雲宓的要求做衣櫃。

「謝謝阿公，我以後經常給您做好吃的。」雲宓本想給些銀子，但齊老頭肯定不會收，說不定還會生氣，所以她想從其他地方把這些銀錢補給他。

晚上，雲宓本想用魚湯為齊淮做魚湯麵，誰知他卻道：「雲娘，我覺得很餓，想吃鹹肉餅、雞蛋灌餅，還想吃好多東西，妳別總讓我喝湯。」

「你得吃些清淡的，吃這些行嗎？」齊朗有點擔心。

「我得吃飽了才有力氣啊。」齊淮道。

雲宓想了想，便切了些鹹肉丁與蔥，做了帶肉丁的蔥油餅，齊朗帶回來的魚還有一條，她便又做了一盤紅燒魚和一盤涼拌菜心。

齊淮胃口出奇的好，巴掌大的蔥油餅吃了三張，吃飽後氣色好了許多，說起話來也沒那麼虛弱了。

「齊二哥，你這樣會讓別人誤以為我不給你吃飯，才把你餓成這副模樣的。」

齊朗聞言在一旁憨笑，齊淮也笑著說：「事實也是如此，妳確實總給我吃些湯啊、麵啊這些吃不飽的東西。」

「唉……」雲宓煞有介事地嘆口氣。「可真是冤死我了。」

齊淮輕笑出聲，不由得咳了起來，雲宓忙幫他拍背，齊朗看了兩人一眼，默默收拾起了桌子。

木匠那裡的模具很快就做好了一套，翌日下午送過來讓雲宓看，成品比她想像中要好很多，模具不僅打磨光滑，而且在每個模具中心都有「雲記」二字，外加一朵空心小雲。這一套一共有四種形狀，正方形、橢圓形、花瓣形以及圓形。齊淮當時讓齊朗訂了五套，木匠說最遲兩天會把剩下那四套送過來。

有了模具，加上大石臼也鑿得差不多了，齊朗便去雲屠戶那裡告知他一聲。

隔天的傍晚，雲才就送來了五十斤豬胰子，同時還有一大塊五花肉。

「雲娘啊，要不妳做一下這肉，我端回家一半，給你們家留一半。」雲才笑道：「上一次吃完那紅燒肉後，我就一直想著也給孩子嚐嚐呢。」

「雲叔，這可太簡單了。」雲宓道：「等改天您殺豬幫我留幾只豬腳，我再給您做個更好吃的。」

「豬腳也能做得好吃？」雲才睜大眼睛。「雲娘，妳可別騙我。」

「不騙你，雲叔，豬身上所有部位都好吃，真的，沒有不好吃的地方，只有不會做的人。」說這些時，雲宓還露出了個得意的小表情。

雲才的饞蟲被勾了起來，要不是家裡現在沒有豬腳，他馬上就回去拿來讓雲宓做。用大鍋做肉又快又爛，沒多久就飄出了香味，雲才忍不住誇讚。「這二郎娶了個好媳婦兒啊，早知道當初就讓我兒子上門提親……」

雲才這話還沒說完，就被齊朗一巴掌拍在了肩膀上道：「老東西，會說話嗎？」

「開個玩笑而已。」雲才嘿嘿一笑。「二郎有福啊，真有福氣。」

「是，我家二郎是得上天眷顧。」齊朗點了點頭。

紅燒肉做好後，雲才要留下一半，雲宓不肯要，但雲才說什麼都要這麼做，最後雲宓才同意。

吃過晚飯後，齊朗便開始處理豬胰子，這動作可要快，不然放到明天怕是有了味道。因為擔心在院中做被人瞧出端倪，齊朗便將大石臼搬到屋內，按照雲宓說的，先將豬胰子切成了小塊。

「其實要是有花瓣能放在裡面，增加一點香味就好了。」雲宓道。
「現在天還沒暖和起來，再等半個多月應該就會有花開了。」齊淮道。
五十斤豬胰子分兩次捶打，齊朗力氣大，半個多時辰後就打好了二十五斤的豬胰子。
雲宓將皂莢粉、黃豆粉、草木灰與豬胰子攪拌在一起，又趁齊朗和齊淮不注意往裡面倒了些靈泉水，將之和成團狀。
齊朗繼續捶打剩下的豬胰子，這邊雲宓開始用模具進行按壓。
「我跟妳一起。」齊淮道。
雲宓連忙拒絕。「不用，你歇著吧，我自己來就行。」
「沒事，今天精神很好，力氣也恢復了不少。」齊淮捲起衣袖，伸出手攥拳給雲宓看。
「還是算了吧。」雲宓搖頭。「你昨天可是連手都抬不起來。」
「我會慢慢做，沒關係。」齊淮乾脆握住雲宓的手腕用力攥了攥，顯示他是真的有力氣。
這讓雲宓不禁看了他一眼，齊淮淡淡一笑，收回了手。
雲宓抿了抿唇，將木盆端到炕上，將其中一個圓形的模具交給齊淮道：「好好做，一個給你一文錢的工錢。」
「謝謝掌櫃的。」齊淮抱拳行禮，把雲宓給逗笑了。

一旁的齊朗不由得詫異地望向齊淮。他逗姑娘開心？這可是以前從未有過的事情。

雲宓自己拿了個花瓣形狀的模具，將豬胰團壓入其中，然後倒扣在桌上，一個印著「雲記」二字的豬胰皂便成形了。

一塊豬胰皂差不多一百公克，五十斤豬胰子加上黃豆粉、皂莢粉和草木灰，一共做了五百多塊豬胰皂，一家人一直忙活到了後半夜。

將豬胰皂全都搬到院中風乾，簡單漱洗一番後，雲宓便倒在炕上睡著了。放到現代，要是天天有這個活動量，一星期怎麼也得瘦個幾公斤。

翌日一早，雲宓尚未起床，便聽到門外有人在叫喊，像是南文行的聲音。

雲宓忙起身穿衣裳，齊朗已經去打開了院門，接著便聽見南文行激動道：「叔，又有七百斤的訂單。」

齊朗很驚訝地說：「又有七百斤？」

「對，醃蘿蔔大受歡迎，狀元樓跟咱們簽了長期訂單，每隔五天送兩百斤過去，其他幾間酒樓也找了過來，各訂了一百斤，另外還有些零散的訂單，總共不止七百斤，這七百斤是咱們這幾天要做的，總之要做很多，縣裡好多人想買但找不到地方買呢。」

南文行越說越興奮，齊朗也激動得很，說道：「那得快些去收蘿蔔。」

「這是什麼啊？」南文行看到滿院子的豬胰皂，好奇道：「這也是吃的？」

「這個啊……」齊朗不知道該怎麼解釋才好，只說：「這是雲娘做的，等她跟你說吧。」

「行。」南文行往屋內看了一眼。「二郎和雲娘還沒起來吧？我不進去了，把醬油和醋卸下以後，我就去收蘿蔔。」

南文行來去匆匆，雲宓穿好衣裳出去時他已經走了。

漱洗一番後，雲宓敲門進到齊淮屋內，他已經起來了，正坐在那裡揉手腕。她仔細一看，天啊，齊淮白皙的手腕整個腫了一圈。

齊淮看到她的視線，無奈地笑了笑說：「我也沒想到會這樣，昨夜不覺得累……倒真成了個無用之人了。」

明知道齊淮是想幫忙，但看到他手腕變成這樣，不知道為什麼，雲宓有些生氣。帶著這股莫名的情緒，雲宓用加了靈泉水的熱水擰了個毛巾為齊淮敷在手腕上。等到毛巾涼透後，雲宓握住他的手，用掌骨在他手腕處稍加用力按揉了起來。

齊淮觀察著雲宓的表情，覺得她像是生氣了，但又不知她為何會如此，一時之間也不敢說什麼，低下頭看著她的手。

雲宓的手很小也很軟，跟他的對比起來，感覺他一隻手便能將她兩隻手都給包裹起來。

這是齊淮第一次這麼近距離地看一個女人的手，是他從未感受過的、男人與女人之間的差別。

收回視線，齊淮穩了穩心神才道：「等這次醃蘿蔔做好，咱們跟著南二哥的牛車去一趟縣裡吧。」

「縣裡？」雲忞抬頭，眼中閃著亮光。「真的？」

「嗯。」齊淮點頭。「我覺得咱們有必要去瞧瞧，這豬胰皂具體該怎麼賣，還要再想想。」

「你的身體行嗎？」雲忞有些不放心，做點活手腕都能腫起來，那麼遠的路程怕是要受罪。

「無妨。」齊淮搖了搖頭。「我覺得自從洗過藥浴後，身上輕快了很多，雖然剛開始看著嚇人，但我的身體我知道，比以前好了很多。再者，我們可以順便去找大夫瞧瞧。」

雲忞動了心，但還是猶豫著，主要是她實在放心不下齊淮的身子。

齊淮微微低頭，輕聲道：「距離醃蘿蔔做好不是還有幾天嘛，這兩天妳多做些好吃的，到時我肯定就好了。」

「那看你的身體再說吧。」雲忞妥協。

「好。」齊淮點頭，突然又道：「妳要是別無緣無故對我生氣，我能好得更快。」

「我什麼時候對你生氣了？」雲宓被戳破心事，聲音不由自主大了起來，還心虛地瞪著他。

齊淮低低笑了起來。

知道齊淮是在故意逗自己，雲宓面紅耳赤，甩開他的手轉身跑了出去。

這次又像上回一樣忙碌了起來，南文良、南文行兄弟倆負責收蘿蔔，顧三娘等人負責切蘿蔔，雲宓倒是沒多少事可做，不過就是最後調配一下料汁比例，再偷偷加一點靈泉水。

有了之前的經驗，這回大家做起事來更加遊刃有餘。

南文行把醃蘿蔔賣到縣裡去的事情，村裡人都知道了，聽說在雲宓這裡切蘿蔔，每天一個人能有一百文錢的收入，很多人都想來做，但切蘿蔔用不了那麼多人，所以大家只能眼饞，背地裡偷偷議論起齊朗家到底賺了多少錢。

上次的五百斤加上這次的七百斤，南文行一次給了雲宓二十五兩銀子外加兩百文錢。

雲宓又從中拿出一兩銀子給南文行，見他推辭，雲宓道：「這兩次收蘿蔔都是你和南大哥出面，這是你們應得的。」

「不行不行。」南文行擺手，侷促道：「我們不能要。」

「南二哥，親兄弟都要明算賬了，咱們一碼歸一碼，你要不收，咱們可合作不下去了。」

南文行這人實在，被雲宓一嚇，忙將銀子收下了。

雲宓將銀子放到自己的錢匣子後抱著去找齊淮，喜孜孜道：「齊二哥，你看，都是銀子。」裡面零零總總差不多有三十多兩。

齊淮被她一副小財迷的樣子逗笑了，從一旁櫃子裡又拿出十幾兩碎銀子放到裡面道：「都給妳。」

雲宓笑咪咪地收起來，鞠躬道：「謝謝齊二哥。」

七百斤醃蘿蔔用了三天做完，齊淮的身體正如他所說慢慢恢復了力氣，雖然依舊偏虛弱，但比洗藥浴之前好了很多，整個人也多了幾分精氣神。

顧三娘為幾人做的衣服也送來了，青色長袍穿在齊淮身上，襯得他越發俊秀，雲宓忍不住多看了幾眼。

第十一章　初入縣城

去縣裡這天，雲宓沒讓齊淮坐牛車，而是花五百文錢租了一輛帶篷子的馬車。

齊朗駕車同南文行的牛車一起出發，但是馬車比牛車要快，走了一段路後便拉開了距離。

這是雲宓穿越過來以後第一次出遠門，不由得有些好奇，一直趴在小窗上往外看。

春天到了，萬物復甦，植物都已經泛出了綠意，視野遼闊，空氣清新。

雲宓不禁深深吸了一口氣。既來之則安之，眼看是回不去現代了，就慢慢嘗試著享受這裡的一切吧。

齊淮到底是身子弱些，馬車走了不到半個時辰，他臉色便有些難看起來，雲宓拿出水囊給他喝了些蜂蜜水，齊淮才覺得舒服許多。

「今日的蜂蜜水又變好喝了。」齊淮道。

雲宓心想，齊淮這嘴可真刁，可不是加了靈泉水嘛。

他們抵達縣裡時，南文行還未到，齊朗便直接將馬車停在御春堂門前，雲宓扶著齊淮下了馬車走進去。

御春堂是縣裡最大的藥鋪，裡面有五位坐診大夫，齊朗之前帶齊淮來看過病，這次看診的老大夫看到齊淮，一眼就認出來了，還很驚訝地說：「你身子好了很多啊？」

齊淮在凳子上坐下，頷首道：「是好了很多，所以特地找大夫您來複診。」

老大夫仔細替齊淮把了脈，問道：「可找過別的大夫瞧病？」

在老大夫的印象當中，這位年輕公子病得非常嚴重，即便好好養著，最多也只有三、五年的活頭，現在他雖然沒康復，卻往好的方向轉變，活個十年八年不成問題，簡直奇哉怪哉。

「沒有，一直吃大夫您開的藥。」齊淮道。

老大夫覺得不可思議，但又無從解釋起，只得根據齊淮的身體狀況調整藥方讓齊朗去抓藥，接著感慨道：「公子必有後福啊。」

「謝大夫吉言。」齊淮站起身讓到一旁，將雲宓拉過來讓她坐下。「大夫，這是內子，麻煩您也替她瞧瞧。」

雲宓本想說自己沒病不用瞧，可又對古代中醫實在好奇，便伸出手讓老大夫把脈。

老大夫三指搭在雲宓的手腕上閉目凝神，雲宓不禁頗富興致地看著他。

過了好半天，老大夫睜開眼睛，看向齊淮道：「尊夫人尚未有孕。」

雲宓不可思議地瞪大了雙眸。她當然沒有孕了，怎麼可能嘛！她仰頭看向齊淮，小臉皺巴巴的，滿臉寫著：快看，這是個庸醫。

齊淮笑了一聲，無奈道：「大夫您誤會了，我是想讓您幫內子看一下身體，她自小吃了很多苦，我怕她身子有虧，想幫她調理一下。」

老大夫摸著山羊鬍，慢吞吞道：「多吃些好的補補，別幹重活，養兩年就好了。」說著，老大夫又抬眼瞧著齊淮道：「尊夫人年齡太小，小時候又虧了身子，若……」他思索了一番，還是道：「若可以，生孩子最好再等兩年。」

雲宓相當無奈，齊淮倒是面不改色，笑著應了。

齊淮還想讓老大夫替雲宓開藥，雲宓忙拉著他走出了御春堂，她可不想喝那些苦藥，每次看齊淮喝藥她都覺得生無可戀。

等齊朗拿了配好的兩大包藥出來，三人便往狀元樓去，他們與南文行約在那裡會合。

齊淮知道雲宓第一次來縣裡，肯定是想要逛逛的，便沒有上馬車，而是陪著她在街上慢慢走著，齊朗則駕著馬車跟在後面。

雲宓以為這種古代的縣城規模最多就是現代的鄉鎮，但沒想到泗寧縣這麼大，而且比她想像中繁華許多。

街上不僅人潮眾多，攤販也不少，有賣菜、賣吃食的，也有賣胭脂水粉的，還有賣布疋器皿的，總之熱鬧得很。唯一的缺點就是物品的種類偏少，比如吃食吧，大都是些包子、餛飩跟燒餅之類的，胭脂水粉的顏色與樣式也不多。

「齊二哥，我要是來這裡擺攤賣雞蛋灌餅，一定會很受歡迎的。」雲宓靠近齊淮小聲道。

「想來？」齊淮看向她。

雲宓搖搖頭道：「只是說說而已，我還想回家蓋大房子呢，來縣裡咱們連住的地方都沒有。」

在現代都市裡住的時間長了，雲宓還挺嚮往田園生活的，當然了，不是現在家徒四壁的這種，而是有房、有地、有銀子的那種。

「糖葫蘆！」雲宓眼前一亮，快步走過去問道：「多少銅板一串？」

「五文錢。」

雲宓從荷包裡掏出五枚銅板遞給小販，然後挑了一串糖葫蘆。一串共有六顆山楂，雲宓將其掰成三段，一人可吃兩顆山楂。

齊朗無奈道：「這糖葫蘆妳想吃多少都買得起，不差這幾文錢，我不吃，妳和二郎吃吧。」

雲宓笑道：「爹，我怕它酸。」

她說什麼都要大家一起嚐嚐，齊朗沒辦法，只得接過那兩顆山楂。

正如雲宓預料，這糖葫蘆一口咬下去差點兒把眼淚給酸出來，齊淮和雲宓還好，齊朗直接酸倒了牙，到了狀元樓時還「唉唷唉唷」的沒緩過勁來，讓人發笑。

齊朗皺著一張臉，苦道：「這雲娘還真是小孩子心性。」

一旁的齊淮笑道：「本來就還是個孩子。」

雲宓對齊淮吐了吐舌，齊淮偏過頭對她小聲道：「妳這次可是把爹害苦了。」

聞言，雲宓笑道：「等回去我用山楂做點好吃的給你。」

「酸嗎？」齊淮心有餘悸地問。

「保證不酸。」

談話間，到了狀元樓，雲宓靜靜站在門口打量起來。這狀元樓果然氣派無比，鎮上那幾間飯館跟狀元樓相比簡直一個天上一個地下。

「客官要吃飯嗎？咱們店有酸爽可口的醃蘿蔔，要不要進來嚐嚐？」夥計熱情地迎了出來。

「好啊。」雲宓笑著應了，回過身去找齊淮，卻發現齊淮正盯著不遠處看。

雲宓順著他的視線望了過去，只見是一處賣餛飩的小攤，兩、三個食客正在吃餛飩。

「齊二哥？」雲宓過來扶住他的胳膊。「想吃餛飩了？」

齊淮若無其事地轉過頭，笑道：「是啊，我還沒吃過妳做的餛飩呢。」

「那等回家後做給你吃。」雲宓扶著他往狀元樓內走，齊淮又往餛飩攤子那裡看了一眼。

察覺到了他的異常，齊朗走到他身邊輕聲道：「怎麼了？」

齊淮壓低聲音說：「我覺得有人跟著咱們。」

三人進了狀元樓，此時正值午膳時分，吃飯的人很多，雲宓便要了一個雅間。

「幾位客官想吃點什麼？」夥計一邊殷勤地倒茶一邊問道。

「你們這裡的招牌菜有什麼？」雲宓說著，看向掛在牆上、寫著菜名的木牌，看了一會兒便放棄了。不行，她識得的字不多。

「要說起我們的招牌菜，那可多了。」夥計如數家珍。「酥雞、糟鴨子、春筍爆炒雞、烙潤鳩子，這些保證您吃了第一次還想吃第二次。」

「烙潤鳩子是什麼？」雲宓有些疑惑。

「就是烤斑鳩。」夥計笑道：「這位娘子，咱們這兒的烤斑鳩可不一般，油潤明亮、外焦裡嫩，好吃得很。」

看雲宓好奇的樣子，齊淮便道：「那來一份春筍爆炒雞、一份烙潤鳩子，其他你看著再上幾道素菜。」

「好咧，咱們這兒新上了一道酸甜可口的醃蘿蔔，只要十五文錢一盤，您要不要嚐嚐？」

齊淮笑了笑說：「好，那來一盤吧。」

「客官稍等，飯菜馬上來。」

夥計出去之後，雲宓便趴在雅間的窗子上往外瞧。

狀元樓地處泗寧縣最好的地段，對面是家茶樓，叫「知之茶舍」。茶樓內隱約能聽見說書先生在講故事，時不時傳出叫好聲；茶樓門外坐著個小乞丐，偶爾有路過的人往他的碗裡面扔幾個銅板。

齊朗走過來倚靠在窗子的另一邊，銳利的視線掠過街面，此時小乞丐就站起來端著破碗一瘸一拐地離開了。

雲宓盯著知之茶舍看了好一會兒，突然靈光一閃，轉身來到齊淮身邊。「齊二哥，我想到一件事情。」

「嗯？」齊淮看著她。

「你說，如果我們讓說書先生幫忙宣傳……不，宣揚一下，效果是不是會更好？」雲宓的眼眸中泛著奇異的光芒。

「說書先生？」齊淮看著雲宓，這小丫頭腦袋瓜子裡天天都在想些什麼，總有超乎常人的點子。

雲宓點頭道：「對啊，我們的肥皂要怎麼樣才能讓更多人知道呢？豬胰皂一旦賣出去，用不了多久有心人可能就知道配方了，咱們要讓他們知道雲記的貨才是最好的。」

行銷文案？對，就是這個！雲宓扯住齊淮的衣袖道：「說書先生要是說上一段故事，比如……」

她想了想，便生動活潑地說了起來。「一隻髒兮兮的大老虎遇到了白白嫩嫩的小白兔，大老虎很是好奇，心想這小兔子為什麼這麼白呢，牠都不鑽兔子洞的嗎？那牠三個兔子洞豈不是都浪費了？」

齊淮修長的手指摩挲著茶杯，一時之間竟是沒反應過來，而齊朗則被雲宓的話吸引了注意力。

雲宓繼續道：「於是大老虎就問小白兔『你為什麼這麼白啊』？小白兔顫顫巍巍道『你要是不吃我，我就告訴你』。大老虎說『好，你說吧，我不吃你』。於是小白兔從身上拿出一塊肥皂，告訴大老虎『我就是用了雲記的肥皂才這麼乾淨的，只要用它洗澡，身上的髒污就能全都洗掉了』。」

說完，雲宓看著齊淮說：「齊二哥，你覺得呢？」

齊淮人生頭一次有種目瞪口呆的感覺，大老虎和小白兔？這是他聽過最離奇的故事。不僅如此，故事的走向怎會是這樣？她到底是怎麼想到這些的？

不過齊朗沒有齊淮想得多，只是好奇道：「然後呢？」

「然後？」雲宓攤攤手。「大老虎就用肥皂把小白兔洗乾淨吃掉了，這個故事告訴大家千萬不要輕信敵人說的話，否則後果非常慘烈。」

齊朗一時說不出話。雖然覺得似乎哪裡不太對勁，但這結論實在是太有道理，他聽明白了。「二郎，雲娘這個故事說得挺好的，我感覺很有意思，這是兵法吧？」

兵法？雲宓忙擺手，她程度可沒有那麼高，不過是編了個童話故事而已。

齊淮哭笑不得，抬手在雲宓光潔的額頭上敲了一記道：「妳啊，哪來這麼多鬼主意？」

不過雲宓這個想法非常好，齊淮忍不住又多瞧了她幾眼，明明就是個身板還沒長起來的小丫頭，怎麼有這麼多主意？

雲宓見齊淮一直在打量她，有些小得意地說：「你是想誇我聰明嗎？要不，你誇出來吧。」

齊淮笑了起來，伸手在她頭上揉了一下。「雲娘最聰明了。」

雲宓有些不滿意，這個誇獎一點兒都不走心，跟稱讚三歲小孩似的。

雖然雲宓還想跟他商量一下自己的想法到底可不可行，可夥計已經端著菜推門走了進來，而南文行也已經抵達狀元樓，他將牛車暫停在狀元樓後院裡，自己進了雅間。

夥計這才知道原來他們是認識的，忙去找掌櫃的去了。

眾人都餓了，也不多說便開始吃飯。說實話，狀元樓這道烙潤鳩子，確實如夥計說的外焦裡嫩，雲宓以前並未吃過。至於其他菜嘛，口味還行，卻差了那麼點兒意思。

「好吃嗎？」雲宓小聲問齊淮。

齊淮筷子頓了頓，然後平靜道：「不如妳做的好吃。」

雲宓放下了心，繼續吃飯。

盛子坤得知南文行來訪，便過來找他，南文行忙向彼此介紹。「盛掌櫃，這是齊淮齊二郎，這是他家娘子，我賣給您的醃蘿蔔就是二郎娘子做的。二郎、雲娘，這位就是狀元樓盛掌櫃。」

齊淮與盛子坤互相拱手行禮，盛子坤道：「雲記？不知掌櫃的是……」

聞言，齊淮輕輕一笑，指了指雲宓道：「內子便是我家掌櫃的，姓雲。」

盛子坤倒是一點也不詫異，拱手道：「雲掌櫃好。」

雲宓第一次被人稱掌櫃，有些小意外，她看了齊淮一眼後，對盛子坤笑了笑說：「盛掌櫃好。」

盛子坤打量起了他們夫婦兩人，齊二郎雖看著病弱了些，但模樣生得倒是極好，有一種難以言喻的氣勢，絕不是莊稼人身上應該有的；至於他這個小娘子，雖說瘦小了些，但眼神清亮、不卑不亢，也不像沒見識的普通婦人。

雖說醃蘿蔔只是小生意，對狀元樓而言不過錦上添花，但盛子坤閱人無數，直覺這夫妻倆必不簡單，所以也不因為他們的身分而有所怠慢。

「夥計不知是你們來，沒知會一聲，我這就讓廚房加幾個菜。」

「不用、不用。」南文行忙道：「掌櫃的別客氣……」

「盛掌櫃。」雲宓突然開口打斷了南文行的話。「我有個不情之請，不知掌櫃的能否應允？」

「雲掌櫃但說無妨。」盛子坤道。

南文行和齊朗都有些好奇地看著雲宓，不知道她要說什麼，齊淮則揚了一下眉，但笑不語。

雲宓清了清嗓子道：「盛掌櫃，是這樣的，我家……相公……」

說到「相公」二字，雲宓竟然覺得耳垂有些發熱，卻還是堅持將剩下的話說完。「我家相公身體不好，很多東西不能吃，我想借用一下廚房幫他做點吃的，可以嗎？」

這話說出來以後，盛子坤的表情有些微妙，這麼大一間酒樓怎麼就沒有妳家相公能吃的東西了？這不擺明是要砸場子嗎？

他不知道雲宓是不是故意的，但齊淮沒開口便是默認了他娘子的行為，這事就有意思了。瞧齊淮的言談舉止不像無腦之人，那便是別有目的了，他倒要看看這夫妻兩人想做什麼。

盛子坤畢竟是見過大世面的人，臉上依舊帶著笑道：「自然可以，我讓夥計帶妳去。」

雲宓起身對齊淮道：「那我先去廚房。」

「好。」齊淮點了點頭。「去吧。」

南文行品出了不對勁，有些尷尬，但他向來寡言，不知該如何開口，倒是齊淮似是毫無所覺，對盛子坤道：「早就聽南二哥說盛掌櫃為人義氣，今日得見，不勝榮幸，這就以茶當酒，敬盛掌櫃一杯。」

見齊淮彬彬有禮的，盛子坤摸不清他到底是何想法，微微頷首，平靜地端起茶杯對他舉了舉。

當幾人在雅間裡心思各異地交談時，雲宓也跟著夥計來到了狀元樓的廚房。

不愧是狀元樓，光是廚房便有四個齊朗家那麼大，廚房裡除了一個大廚外，還有七、八個學徒和幫廚。

夥計並未將雲宓帶到這個大廚房，而是到大廚房旁邊的小廚房，然後對她說道：「掌櫃的囑咐了，這裡的東西妳隨便用。」

雲宓在裡面看了看，想要的食材與調料都有，這是她穿越過來後第一次見這麼豐富的材料。

她正思索著什麼東西做起來既快又能鎮得住人時，便看到了旁邊的一盆雞湯凍——那就做小籠湯包吧。

帶雲宓來的夥計並沒有離開，就站在一旁看著，見雲宓開始剁肉和麵，忍不住道：「我們狀元樓的包子是一絕，沒人比我們大師傅做的包子更好吃。」

雲宓笑了笑，沒說話。

大廚房內的廚子馬榮聽見這話後看了過來，皺眉道：「小六子，你不上菜在幹麼呢？這姑娘誰啊？不知道廚房不能帶外人過來嗎？」

小六子輕哼道：「人家看不上咱們的菜，自己動手來了，掌櫃的允許的。」

「看不上咱們的菜？」馬榮往小廚房瞥了一眼，不屑地哼了一聲，沒當回事。

將豬肉剁成肉末，加入醬油、糖、鹽、蔥與薑汁調味，倒入豬油攪拌均勻，然後再加入切成黃豆粒大小的雞肉凍拌入其中。

和好的麵揉成麵團，搓成細長條，揪成劑子，擀成圓形皮子，將餡包入皮內，捏成鯽魚口形的包子，上屜開始蒸。

香味漸漸散了出來，小六子吸了吸鼻子，然後又揚起了頭，不以為然地想：誰家蒸包子不香？有什麼了不起！

「好香啊，師父。」馬榮的徒弟忍不住往小廚房看了一眼。

馬榮背著手走到小廚房門口，高傲地抬了抬下巴，問雲宓。「做了什麼？」

雲宓也不惱，笑盈盈道：「小籠湯包。」

「小籠湯包？什麼東西？」馬榮的徒弟好奇道：「沒聽說過。」

「等會兒你嚐嚐就知道了。」雲宓道。

馬榮瞪了自己的徒弟一眼，徒弟嚇得趕緊回大廚房繼續忙去了。

第十二章　意外重逢

時間到了，雲宓打開蒸屜，將裡面的小籠湯包取出來，分裝在三個盤子當中。將其中一個盤子端到大廚房後，雲宓道：「尋常吃食，請大家嚐一嚐。」

大夥兒看著她沒說話，敢在他們馬大廚面前班門弄斧，這小姑娘還真是不自量力。

雲宓也沒說什麼，轉身示意小六子跟她一人端了一盤上樓。

去雅間是要經過大堂的，一盤從未見過的湯包自眾人面前飄過，有人忍不住開口問道：「夥計，這是什麼？新上的菜品嗎？給我來一份。」

小六子不知該怎麼回答，只能糊弄過去。

兩人上了樓推開房門進去，盛子坤竟然還在雅間內，雲宓原本以為他這麼個大忙人必然不會全程陪同的。

有醃蘿蔔在前，加上雲宓有故意賣弄之嫌，盛子坤自然是要看個究竟的。

盛子坤的視線落在雲宓端來的盤子上，小籠湯包熱氣騰騰的，散發著奇異的香味，造型也小巧精緻。他被勾起了好奇心，這看起來像包子，但似乎又不是包子。

雲宓將盤子放在齊淮這邊，又接過小六子手裡的盤子放到盛子坤面前道：「盛掌櫃要是不嫌棄，就一起吃點。」

這小娘子先是做出了與眾不同的醃蘿蔔，現在又端出一盤他從未見過的包……子，倒真是新奇。

「這是什麼？」齊淮小聲問道。

盛子坤聞言抬頭看了過去，這東西竟然連齊二郎也沒吃過？

「小籠湯包，這湯包咬開的時候會有湯汁，吃的時候小心一些，別燙著。」雲宓挾了一個到齊淮盤中，並示意南文行和齊朗也嚐嚐。

南文行挾起一個，迫不及待地放進嘴裡，不等雲宓提醒他便咬了下去，一股湯汁瞬間噴出，落在斜對面盛子坤的茶杯裡。

不僅如此，南文行還被燙了舌頭，他有些不好意思地別開頭，在那裡「嘶嘶哈哈」了起來。

有了南文行這個「不良示範」，其他三人都吃得小心翼翼，輕輕將湯包咬開一個小口，吹涼一些後才將湯包放入嘴中。濃郁的湯汁包裹著肉香，加上充滿勁道的麵皮，不過一口便讓人回味無窮。

盛子坤面露驚異地說：「這包子裡為何有雞湯，是怎麼做的？」

說完，他察覺不太妥當，正要補些話，卻見雲宓大方地說道：「很簡單啊，做餡的時候在裡面加入肉凍即可。」

「原來如此。」盛子坤讚嘆不已地說：「雲掌櫃簡直奇思異想，佩服、佩服。」

「盛掌櫃過譽了。」雲宓謙虛道：「我也是從我家相公給我的一本書上看到的，真要說奇思異想，當屬書上寫的東坡肉與佛跳牆。」

「東坡肉與佛跳牆？那是什麼，也是菜嗎？」要說之前盛子坤對他們夫婦兩人還有些存疑，現在就完全是一副求知若渴的樣子。

若說醃蘿蔔只是偶然，那麼小籠湯包呢？還有那聞所未聞的東坡肉與佛跳牆。

「這東坡肉呢，是用半肥半瘦的豬肉所做，豬肉切成方塊燜製，做出來後色澤鮮亮，入口肥而不膩，口頰生香；至於這佛跳牆，則需要用到很多名貴食材，比如海參、鮑魚、瑤柱，做成後濃郁鮮香，葷而不膩，味中有味。」

雲宓一番描述讓盛子坤好奇心倍增，不由得站起來道：「不知雲掌櫃可願意將這兩道菜做來給我開開眼界？不瞞幾位，開飯館的，遇到新奇菜色總是有些興趣的。」

「盛掌櫃，不是我不做，只是這兩道菜都需要花費很長的時間，尤其是這佛跳牆，一定要小火慢燉，再者，廚房人多眼雜，也不太合適。」

「這樣啊……是我考慮不周了。」盛子坤已經被雲宓所說的兩道菜吸引住了，他在原地繞了幾步後，抬頭看向齊淮。「不知齊二公子你們今日可是要在縣裡住下？」

齊淮道：「是的，天色不早，怕是趕不回去了。」

盛子坤又問：「可找到地方住宿了？」

齊淮搖頭。「尚未。」

「那正好，我在隔壁街有一小院，平日沒什麼人住，只有我偶爾會過去住個一、兩晚，各位若不嫌棄，可在那裡下榻，院中有灶房。」盛子坤目光灼灼地看著雲宓。

雲宓往齊淮身邊靠了靠，小聲道：「我聽齊二哥的。」

盛子坤察覺到自己的失態，忙拱手說：「齊二公子，在下實在是好奇這東坡肉與佛跳牆，還請齊二公子成全。」

齊淮站起身回道：「盛掌櫃言重了。」他轉頭看向雲宓，低聲問：「能做嗎？」

見雲宓點頭，齊淮就說道：「那今日便叨擾盛掌櫃了。」

盛子坤親自帶他們去了他的小院，小院位於酒樓的後街，有三間房子、一間灶房和一間庫房，不大，但還挺雅致的，收拾得也頗為乾淨。

安置好幾個人後，盛子坤便急匆匆回了狀元樓讓人按照雲宓說的去採買食材，而南文行則往各處送醃蘿蔔去了。

齊淮累了一天，靠在炕上，雲宓替他沖了杯蜂蜜水喝下後，齊淮才看著她笑了笑說：

「妳想把東坡肉與佛跳牆的方子賣給盛掌櫃？」

「你看出來了？」雲宓期待地看著他。「你覺得能成嗎？」

「這兩道菜我……從未吃過。」齊淮道：「今日那小籠湯包也是頭一回嚐。」

不知是不是錯覺，雲宓竟從裡面聽出了些小抱怨。

「不是我不給你做，其實這東坡肉與之前我做的紅燒肉差不多，至於這佛跳牆嘛……用料實在是太講究了，但等會兒就能做給你吃了啊。」雲宓笑盈盈道。

齊淮挑了一下眉，小丫頭鬼主意挺多。

「只要狀元樓有了這道佛跳牆，生意一定會更好的。」雲宓單手托腮。「齊二哥，你說盛掌櫃要是真想買這方子，賣多少銀子合適啊？」

「我得嚐了之後才能評估。」

「賣多一點，咱們這次說不定就能蓋大房子了。」雲宓想到房子就開心。

齊淮實在是太過疲累，陪雲宓說了一會兒話後便躺在炕上睡著了，雲宓小心地為他蓋好被子，關上房門走了出去。

不過小半個時辰，小六子便將需要的所有食材都送了過來，這次小六子見到雲宓時與之前的態度很不一樣，特別殷勤。「雲掌櫃，您需不需要我幫忙啊？」

「不用，謝謝你。」

「不用客氣。」小六子傻笑一聲。「您那個小籠湯包太好吃了。」

盛掌櫃急著帶雲宓他們來，盤中剩了一個小籠湯包，被小六子偷偷吃了，這滋味比馬大廚做的包子可美味太多了，他自此一改對雲宓的印象。

小六子離開後，雲宓便開始著手準備料理東坡肉與佛跳牆。東坡肉與佛跳牆做起來都有些麻煩，但相比之下，東坡肉在佛跳牆面前是小巫見大巫。

正統的佛跳牆要準備十八種材料，分別採用煎、炒、烹、炸多種方法後再進行燉煮，雲宓沒做得這麼複雜，因為有幾種材料現在找不齊，只能換成另外幾種常見的食材，但即便如此，這佛跳牆的滋味也一定不同凡響。

佛跳牆要慢火燉兩、三個時辰，等到還剩不到一個時辰、即將要燉好時，雲宓又將東坡肉的材料備齊，然後放到砂鍋裡開始燜製。

天色漸漸暗了下來，院子裡的香味已經很濃郁了，院牆外衣衫襤褸的小乞丐吸了吸鼻子，心想什麼東西這麼香？他好餓、好餓……

小乞丐拄著枴杖，端著破碗來到門前敲了敲門，雲宓聽到敲門聲以為是盛掌櫃或是小六子，便來到門口開門，等看到那蓬頭垢髮、渾身髒污的人時，她不禁嚇了一跳。

「夫人行行好，我已經三天沒吃飯了，給口飯吃吧。」小乞丐邊說話邊往院內看去。

藉由院內的零星火光，雲宓發現這人年齡似乎不大，小小年紀就出來要飯，也是可憐，便道：「你等一會兒，我給你做碗麵吧。」

這裡什麼食材都有，雲宓已經忙了半天，但是能吃的都還沒做好。

「謝謝夫人、謝謝夫人。」小乞丐忙不迭地鞠躬道謝。

雲宓轉身返回灶房，那小乞丐便依靠著大門坐到了地上。

齊淮睡了小半天，剛剛醒過來，齊朗扶著他從屋內走出來。

「雲娘，妳方才在同誰說話？」齊淮問道。

「一個小孩子餓了，我給他做碗麵吃。」雲宓道。

齊淮和齊朗的視線落在院門處，那小乞丐也抬頭看了過來。

父子兩人對視一眼後，齊朗上前打算查問一番，他的步伐不斷逼近，那小乞丐卻是眼睛眨也不眨地盯著他。

齊朗的雙眸慢慢睜大，身體突然抖動起來，下一刻，整個人朝小乞丐撲了過去，捧著他的臉不停地審視，不可置信地問道：「驍兒？驍兒……是你嗎？」

那小乞丐靜默了一瞬，突然「哇」的一聲哭了起來。「爹，我找您找得好苦……」

雲宓聽到聲音從灶房裡出來，正好看到齊淮身形不穩地晃了一下，忙過去扶住他。

小乞丐抱著齊朗嚎啕大哭，雲宓整個人愣住了，齊朗家竟然還有一個兒子？他為什麼會淪落到這個地步？

齊朗看到兒子這副模樣，也是止不住地掉淚，好不容易平復了一些，便輕聲道：「去見過你二哥吧。」

「二哥？」小乞丐愣了一下，哽咽道：「什麼二哥？」

「子驍。」齊淮輕輕喊了一聲，嗓音裡帶著輕微的顫抖。

小乞丐聽到熟悉的聲音，推開齊朗一瘸一拐地來到齊淮面前，似是屈膝想要跪下，卻被齊淮一把攥住了胳膊。

這舉動讓小乞丐不禁抬頭看著他，兩人四目相對，小乞丐抽噎一聲道：「我以為再也見不到您了呢。」

「活著就好，活著就好！」齊淮可能是情緒起伏太大，頓時劇烈地咳了起來。

「先進屋，進屋再說。」齊朗忙道。

雲宓沒跟過去，雖然她很好奇，但她現在似乎不適合進去，而且鍋內的水已經燒開，該下麵了。

進到屋內，小乞丐直接跪在齊淮面前，哭著喊了聲。「公子……」

齊淮眼眶也有些紅，摸了摸他的頭說：「還是這麼愛哭，快起來，起來。」

「以後別再喊公子了，喊二哥。」齊朗將他扶起來。

「二哥？」齊子驍皺眉。「這怎麼回事啊？公子怎麼成了我二哥？」

「說來話長，公子當時受了重傷，我便帶他回南雲村養傷，無奈之下，謊稱他是我兒子。」齊朗道。

「您兒子？」齊子驍倏地瞪大了眼睛。「爹，您膽子也太大了吧，讓將軍給您當兒子?!」

「這不是沒其他辦法了嘛。」齊朗說話的同時又忍不住摸了摸齊子驍的臉——瘦了，也黑了，肯定遭了不少罪。

「無妨。」齊淮擺手。「倒是你，我以為你……」當時齊子驍在他眼前倒下，本以為他死了。

齊子驍道：「我被收屍的拖走了，半路上清醒之後便跑了出來，我在軍營外藏了幾天，後來就傳出公子戰死的消息。」

「我悄悄潛進去查看了那具屍體，雖然被燒得面目全非，但咱們一起長大，我一眼便能瞧出來那不是您。我不知道那是安王的人做的，還是公子您自己安排的，所以在軍營外等了幾天，後來負責押送糧草的小隊回來了，我在裡面沒看到我爹，聽聞說是路上遇伏，我爹身亡但沒找到屍首。」

「記得公子講過，如果這一劫躲不過去，最後便假死脫身，我便猜測是不是爹把您帶走了。」齊子驍眼眶有些紅。「我爹提過，若有一天走散了，便回南雲村等我，我前幾日剛到這裡，也不敢太張揚，今天在街上看到你們，還以為花了眼，跟了你們一路才敢過來相認。」

齊淮輕輕拍了拍他的肩膀道：「你受苦了。」

聞言，齊子驍搖了搖頭。

齊淮看著他說：「子驍，我是被你爹從死人堆裡揹出來的，當時我昏迷不醒，等我醒了後再去找你，已經找不到了。我們沒有要拋下你，是我的身子連累了你爹……」

「我知道。」齊子驍打斷齊淮的話，笑著看他。「公子，您活著才是最重要的。」

麵做好了，雲忩不知道屋內什麼情況，直到齊朗打開門出來，到院中打了盆清水，雲忩這才端著麵進去。屋內的氣氛有些凝滯，只見齊淮眼眶泛紅，齊子驍更是抽抽噎噎。

雲忩將麵放到齊子驍面前，齊子驍吸了吸鼻子，一端起碗便狼吞虎嚥地吃了起來。

齊朗蹲在一旁小聲道：「慢點兒吃，別噎著。」

見齊子驍這樣，齊淮眼中閃過一抹不忍，嘆了口氣後才對雲忩道：「這是我家三郎，齊子驍，之前走散了。」

「一定吃了不少苦吧。」雲宓不覺有異，齊朗和齊淮也是年前才回到南雲村，這年頭在路上走散了也正常。

「是啊。」齊淮靠坐在炕邊，神情疲憊，精神看起來很不好的樣子。

「你沒事吧？」雲宓有些擔憂地走過去摸了摸他的額頭，她能感覺出來他的情緒很不穩。

齊淮看著她沒說話。

「再來一碗行嗎？太好吃了，我從未吃過如此好吃的麵。」齊子驍餓狠了，一碗麵幾口便吃完了。

「能，鍋裡還有。」雲宓忙道：「但你稍微等一會兒，還有更好吃的，再等一刻鐘就好。」

「更好吃的？」齊子驍嚥了嚥唾沫。「那我等。」說著又看向齊朗。「爹，咱家是不是過得還不錯，有地有房，你看你們還找丫鬟來伺候了，這丫鬟廚藝不錯，月錢一定很多吧？」

雲宓一臉莫名其妙。丫鬟？方才不是還叫她夫人，這就變成丫鬟了？她很想把那個碗扣到齊子驍腦袋上去。

「你個臭小子，胡說什麼呢？」齊朗在齊子驍腦袋上輕輕拍了一下。「這是你二哥的娘子。」

「娘子？」齊子驍被一口唾沫嗆住，不可思議地看向齊淮。「您……不是，二、二哥，你娶妻了？」這聲「二哥」喊出來總有種要掉腦袋的感覺，他爹真是膽大包天啊。

「嗯。」齊淮點頭。「不許沒有禮貌，以後要喊二嫂。」

見齊淮承認了，齊子驍很是驚訝，視線在雲宓臉上轉了兩圈，最後「喔」了一聲，沒再說什麼。

然而雲宓從他的神情上已經看明白了，他覺得自己配不上齊淮，畢竟在他眼中她就像是個丫鬟。

雲宓皺了皺鼻子，心想：小屁孩，看我以後怎麼治你！

齊子驍惆悵地嘆了一口氣，他家公子年少成名，不知是多少名門小姐爭相追逐的對象，最後卻淪落荒野，娶了個鄉下丫頭，唉……

雲宓看了齊淮一眼，齊淮正要說話，門外傳來響聲，是盛子坤來了。

「我在巷子裡就聞到了味道，可真香啊。」盛子坤蹲在兩個瓦罐前很是激動，雖然還未看到菜品的模樣，但憑這股香味，就知絕不是凡品。

雲宓忙走出來，笑道：「盛掌櫃裡面請，菜馬上就好了。」

盛子坤進到屋內看到齊子驍後微微有些詫異，他之前在酒樓門口見過這個小乞丐。

「盛掌櫃好。」齊子驍跟他打了個招呼，然後對齊淮道：「盛掌櫃還送過我幾個燒餅呢。」

盛子坤疑惑地看向齊淮，齊淮便對他解釋道：「這位是我走丟了的弟弟，多謝盛掌櫃照拂。」

盛子坤不知內情也不好多問，只是恭喜他們一家團聚。

雲宓將東坡肉與佛跳牆端上桌，香氣瞬間撲鼻而來，眾人神情俱是一動，尤其是齊子驍，眼睛都亮了。「這是什麼，怎麼如此香？」

東坡肉一塊一塊整齊地擺在盤中，顏色鮮亮，上面點綴些許綠色小蔥，而佛跳牆湯汁濃郁，光是香味便讓人的口水都要流出來了。

「盛掌櫃，您嚐嚐。」雲宓示意盛子坤動筷，自己則把剛剛特地留出來的半份東坡肉、半份佛跳牆與一大碗麵放到了齊子驍面前。「這都是你的。」

「真的？」齊子驍興奮了起來。

見雲宓點頭，齊子驍馬上抱著碗到旁邊埋頭苦吃。

這邊幾人嚐過東坡肉與佛跳牆後皆說不出話來，良久後，盛子坤對雲宓拱了拱手道：「雲掌櫃，這東坡肉與佛跳牆的方子可賣？」

他心中有九成把握，如果她不打算賣，也不會花費這麼多工夫引起他的好奇心。

雲宓也沒藏著掖著，點頭道：「賣，不知盛掌櫃覺得這兩道菜值多少銀子？」

盛子坤沈吟片刻，然後道：「兩道菜，共一百兩銀子如何？」

第十三章　合作夥伴

一百兩？雲宓沒想到會有這麼多，她有些激動，不由得瞄了齊淮一眼，齊淮幾不可見地點了點頭。

雲宓也不矯情地回道：「好，那便一百兩銀子。」

盛子坤見他們沒討價還價，也覺得這兩人磊落，遂道：「我今日沒帶那麼多銀子在身上，明日我帶銀子來簽契約。」

看著桌上的東坡肉與佛跳牆，盛子坤兩眼發光，似是已經看到了狀元樓推出這兩道菜品後的盛況。

齊淮見他似是興奮過頭，忍不住提醒。「盛掌櫃，這兩道菜呢，東坡肉倒還好說，這佛跳牆嘛，您也能看出它的價值，應該想好這方子要交給您酒樓的哪位大廚，還有若是他學會了，以後離開了酒樓又當如何？」

盛子坤也不傻，只是暫時還沒考慮到這些，聞言忙道：「對對，齊二公子說得對，這個我會好好想想的。」

齊淮身體不好，不能多吃，而盛子坤看著這兩道菜像是瞧見了稀世珍品，吃起來那叫一個小心翼翼，放到嘴裡咀嚼半天才捨得下嚥，另一邊齊子驍則將東坡肉的湯汁拌入麵中大口大口吃光了。

他在將軍府時也吃過很多好東西，連宮裡賞的都被他嚐過，卻沒有一樣能比得上眼前的料理，這簡直是只有神仙才能品嚐的啊。

公子不是娶了個娘子，而是娶了個廚神吧？

吃完後，齊子驍還有些意猶未盡，舔了舔嘴唇對雲宓咧嘴笑道：「二嫂，還有嗎？再給我來一碗。」

雲宓一時無語。不過吃了一餐，她就從丫鬟變成二嫂了？

盛子坤離開時找了一件自己的舊衣裳給齊子驍，齊朗燒了水給齊子驍洗澡，雲宓則拿了塊豬胰皂給齊朗。

屋裡面傳來齊子驍的聲音。「爹，這是什麼？」

「肥皂。」

「肥皂是幹麼的？」

「洗澡用的。」

「怎麼洗？」

過了片刻之後……

「哇，好厲害，這比皂莢好用多了。爹，這是哪裡來的？咱們家一定發大財了吧？我要成為有錢人家的少爺嗎？」

隔著門，雲宓聽得有些好笑，忍不住問齊淮。「他多大啊？」

「十六，跟妳同歲。」齊淮道。

「啊？十六了？」雲宓撇撇嘴。「那我可比他成熟多了，他看起來跟大丫一樣幼稚。」

齊淮被她的話逗笑了，笑了一會兒又有些惆悵。

「你怎麼了啊？從剛才你就一直有心事的樣子，弟弟找回來了，不是應該開心嗎？」雲宓關心道。

「嗯。」齊淮點頭。「當然開心，只是覺得虧欠他，這一路他一定吃了不少苦。」

「那就彌補他啊。」雲宓走過來坐在齊淮身邊，小聲道：「我以後每天都給他做好吃的，好不好？你別難受了，身體會受不住。」

她是在安撫他嗎？

齊淮幼年喪母，年少離家，身邊全是將性命交託於他的人，出不得一點差錯，倒是從未體會過被人這般小心翼翼哄著的感覺。

「好。」齊淮抬手揉了揉雲宓的頭，低聲道：「要我幫妳寫菜譜嗎？」

「你累嗎？累了就明日再寫吧。」

「還好，不過寫幾個字而已。」

「好。」雲宓拿著盛子坤走之前找出來的紙鋪在桌上，齊淮則拿起了筆。

外面夜色微涼，屋內燭火搖曳，雲宓手中磨墨，嘴裡小聲念著東坡肉與佛跳牆的詳細做法，而齊淮則用筆將其記錄在紙張上。

隔壁房內齊子驍已經洗完澡並換好衣裳，和齊朗說了幾句話後便熄了燭火躺下，這是他奔波千里後第一個好覺，有爹、有公子在，他就什麼都不怕了……喔，對了，還多了一個會做飯的二嫂。

睡夢中的齊子驍嘸了嘸唾沫，二嫂做的飯太好吃了，雖然還是覺得她配不上他們家公子，但那東坡肉跟佛跳牆真的好好吃喔……

好不容易寫完菜譜後，已是後半夜，雲宓托著腮的手一滑，直接趴在桌上睡著了。

將晾乾的紙張收起來後，齊淮來到雲宓身邊，把她從桌子上半抱起來放到一旁的炕上，貼到炕的那一刻，雲宓翻身抱著被子滾到了裡面。

齊淮撐著桌子輕喘了一會兒，然後苦笑一聲。多虧雲宓瘦小，要不然他這身子還真抱不動她。

他抬起自己的手看了看，也不曉得這雙手還有沒有拿得起弓箭的那一天……

盛子坤這小院的三間房，齊朗與齊子驍睡了一間，雲宓與齊淮分別睡了一間。

一夜好眠，翌日一早，雲宓醒來時才發現自己竟然不知道什麼時候睡著了，回想了半天，記憶只停留在她跟齊淮相對而坐寫菜譜時。

算了，不想了。

雲宓打開房門出去正要打水漱洗，齊子驍就不知從哪兒冒了出來，笑嘻嘻道：「二嫂，早。」

「……早。」這麼熱情？

雲宓上下打量他一番，齊子驍比齊淮個頭要矮一些，但身形板正，雖有些營養不良，但面容倒也算俊秀，確實是十五、六歲男孩子的模樣。

「二嫂，咱們早上吃什麼啊？」齊子驍雙眼發亮地看著雲宓。

不待雲宓說話，院門處傳來敲門聲，齊子驍走過去打開門，就見盛子坤拎著一個食盒走進來道：「我給你們帶了狀元樓的早點。」

「謝謝盛掌櫃。」雲宓道過謝，視線卻落在齊子驍的腿上，他走路一瘸一拐的，明顯是腿上有疾。

幾人進到屋內，齊淮也走了出來，盛子坤將帶來的一百兩銀子放到桌上說：「這是銀子，雲掌櫃點點。」

「不用，我們相信盛掌櫃。」雲宓將菜譜拿出來遞給盛子坤。「我讓齊二哥寫得很詳細，能想到的都寫在上面了，日後盛掌櫃或廚師有什麼不明白或不了解的，不管是讓南二哥捎信給我，或者去南雲村找我都行。」

「好。」盛掌櫃看著手裡的菜譜，激動萬分。

雲宓盯著桌上那些銀子也很激動，這可是自從她穿越過來後第一次見到這麼多錢啊。

齊子驍站在一旁看到雲宓這個模樣，心中默默嘆了口氣，看看這沒什麼見識的樣子，怎麼做將軍夫人啊。

「盛掌櫃，上面還寫了小籠湯包的做法，算是附贈給您的。」雲宓又道。

「這怎麼好……」

「盛掌櫃別客氣，以後咱們要合作的地方還多著呢。」齊淮道。

「也是、也是。」盛子坤對齊淮抱拳。「以後咱們就兄弟相稱，有什麼用得到大哥的，儘管說。」

「好，那謝謝盛大哥了。」齊淮也對盛子坤拱了拱手，接著話鋒一轉。「我現在就有一事相求。」

盛子坤愣了一下，繼而失笑道：「你們夫妻倆啊……行，說吧。」

「是這樣的。」齊淮在椅子上坐下。「我這裡有些肥皂……」

「肥皂是何物？」盛子坤眼前頓時一亮。這對夫妻總是讓人出乎意料，光聽名字就覺得是個稀奇物品。

不等齊淮說話，齊子驍就拿過一旁的豬胰皂介紹了起來。「盛掌櫃，這東西神了，我洗給您看。」

盛子坤看著齊子驍用肥皂洗了手，不由得起身上前拿過齊子驍手裡的豬胰皂，學著他的樣子親自洗了個手，洗完後瞪大眼睛看向齊淮，好半天才連連搖頭道：「不得了、不得了，你們這是要打算賣嗎？」

「現在還不賣，打算白送。」齊淮道。

「白送？」盛子坤皺眉。「怎麼個白送法？」

「盛大哥，佛跳牆您打算如何定價？」齊淮不答反問。

盛子坤道：「東坡肉一百文錢一盤，佛跳牆用料太貴，暫定一兩銀子一盅。」

齊淮點點頭，這個定價符合狀元樓的規格。「是這樣的，盛大哥，我這裡有一百塊肥皂，只要點佛跳牆，便免費贈送一塊肥皂，您覺得如何？」

「啊？免費？為什麼啊？咱們家錢多嗎？」齊子驍浮想聯翩，公子這是要做善事嗎？果然，他就要回南雲村當富家少爺了，美好的日子在向他招手……

盛子坤卻沒說話，他是商人，齊淮的意思他明白，這人太有頭腦了，若是做生意，定是個奇才。

「若如此，倒是我占了你的便宜，這樣吧，半年內所有售出的佛跳牆，我再分三成利給你。」

齊淮搖頭道：「盛大哥太客氣了，哪有誰占誰的便宜之說，是我們沾了盛大哥的光。」

這盛子坤能夠將狀元樓經營到這個規模，自然是有背景的，他們這個肥皂太惹眼，必須找個庇護之所，而盛子坤有頭腦又仗義，是上上之選。

齊淮的想法盛子坤當然明白，但彼此都是聰明人，不需要說破，他只道：「那之後呢，這肥皂你打算如何賣？」

「這件事怕是還得交給南二哥，倒也不急，等盛大哥這邊的佛跳牆打出名聲後再說。」

盛子坤略一思索便明白了齊淮的用意，佛跳牆出了名，便代表肥皂打響了名號，可一時之間大家無處可買，到時候肥皂一上市，那就不得了了。

「佩服、佩服。」盛子坤拱手。

「盛大哥謬讚。」

齊朗和齊子驍聽得雲裡霧裡，雲苾卻全都明白了，不由得有些挫敗。她一個現代人竟然還不如齊淮腦子靈活，光想什麼讓說書先生說故事推廣這種方法，還不如隨一盅佛跳牆推銷。

約定好三日後將肥皂送到狀元樓，盛子坤便離開了。

一家人都漱洗完後，便將盛子坤帶來的早點吃了，齊子驍吃得比誰都多，但也比誰都不滿意。「這包子還不如昨天晚上那碗麵。」

「就你會吃。」齊朗在齊子驍腦袋上敲了一記。

吃完飯，收拾了一下東西，幾個人便離開了盛子坤這處小院。

他們來不過是到縣裡看看情況，現在考察完畢，便打算回南雲村，不過在那之前得先採買。

雲宓現在有銀子，買起東西毫不手軟，先是去布店扯了幾疋布，有用來做床褥的、有用來做衣裳的，反正這次沒省著，買的都是好布料，只不過素淨點，畢竟在村裡穿得太招搖也不好。

各種家裡沒有的調味品，雲宓買了一大堆，點心鋪子裡的蜜餞果子也購入不少，打算帶回去給大丫她們分著吃。

雲宓還特地去胭脂鋪採購了些胭脂水粉，齊子驍在一旁小聲道：「是該打扮一下的，不然……」

這話被雲宓聽到了，倏地轉頭看向他，齊子驍訕笑著閉了嘴。

雲宓心想，臭小子懂什麼，她這是還沒長起來，以後肯定是個大美女好不好，傾國傾城的那一種。

齊淮看出她的小心思，忍不住曲起手指在她額頭上彈了一下道：「他小孩子心性，別跟他計較。」

雲宓不服地輕哼了一聲。

東西都買好後，已是午後，大夥兒乘坐馬車前往南雲村。馬車走了許久，齊淮有點承受不住，臉色有些難看。

見狀，雲宓直接坐過去，拍了拍腿道：「齊二哥，你躺一會兒吧。」

齊淮猶豫了一瞬後，便側身屈膝躺在軟墊上，將頭枕在雲宓腿上。

雲宓雙手在他的太陽穴上輕輕按揉著，微涼的指尖、恰到好處的力道讓齊淮舒服了不少。

齊子驍看到這一幕，忍不住別開頭看向窗外。完了完了，他家公子被褻瀆了，他那乾乾淨淨、恍若謫仙的公子啊……

雲宓瞥了齊子驍一眼，總覺得齊子驍連後腦勺都透露出一種詭異的氣息。

回到南雲村時天已擦黑，馬車直接停在齊家門口，齊子驍率先跳下車，看到眼前三間破敗的土屋後，笑嘻嘻道：「爹，這是咱家的牛棚還是馬圈？」

齊朗在他腦袋上拍了一巴掌，訓斥道：「什麼牛棚跟馬圈？這就是咱家，咱們住的地方。」

「你說什麼？」齊子驍瞪大了眼睛。「咱們不是很有錢嗎？我都成二哥的弟弟了，還不是個少爺？」

齊朗懶得理他，開始從馬車上往下搬東西，齊子驍站在三間破屋前有些傻眼，這跟他想像的完全不一樣。

雲宓正待跳下馬車，就被人扯住了手腕。

她回過頭，就聽齊淮輕聲道：「雲娘，有件事需要跟妳商量一下。」

雲宓便回到車內問道：「怎麼了？」

齊淮看向她，說道：「咱們家就兩間屋能睡人，既然三郎回來了……」他不知該怎麼說才好，一時有些詞窮。

雲宓卻是聽明白了，他和齊朗住的那間房只夠兩人睡，現在齊子驍回來了，三個人勢必沒辦法一起睡。

耳根難以自制地泛起熱度，但雲宓卻只看著齊淮道：「所以呢？」

所以呢？齊淮看著雲宓，好半晌才嘆了口氣，笑道：「沒事了，下車吧。」

說著，齊淮撩起簾子打算下車，卻被人拽住了衣袖，齊淮側眸，就見雲宓對他揚了揚眉說：「咱們睡一間，讓爹和三郎睡一間，炕那麼大，我不會對你做什麼的，你放心吧。」

齊淮詫異片刻後搖頭失笑道：「妳呀……」

雲宓扶著他下車說：「齊二哥，咱們蓋大房子吧，這樣就有地方住了。」

「好，蓋大房子。」

齊子驍還沈浸在打擊當中不肯進屋，他雖然出身寒微，但自小跟在公子身邊吃得好、住得好，即便去了軍營，也沒待過如此破舊之地，他尚且如此，更何況是公子。

他家公子肯定吃了很多苦……想想就悲從中來，他有點兒想哭了。

「三郎，把東西拿進來。」齊淮路過他身邊時說道。

「好，二哥。」齊子驍立刻收拾心情轉身去拎東西了。

一旁的齊朗有點無奈，他說半天都比不上齊淮幾個字。

雖然盛子坤那處小院精緻乾淨，但雲宓還是覺得這三間破土屋更讓人有歸屬感。

將帶回來的東西一一整理歸類，雲宓歇了一會兒便去做飯。今天太晚了，她又有些累，所以打算做個簡單的蔥油拌麵。

水開後，放入油、鹽將麵條煮熟，煮熟的麵條撈出放入涼水中降溫並增加彈性，隨後撈起放入盆中擱在一旁待用。鍋裡放油，加入蔥花爆香，用蔥花油、醬油、白糖調成拌汁，加入麵條攪拌均勻。

齊子驍吸了吸鼻子，走進來討好道：「二嫂，什麼這麼香啊？」
雲宓看他一眼，心想：你這小屁孩，說到吃飯就換了個態度。
「蔥油拌麵。」
「好吃嗎？」齊子驍抿了抿唇，眼睛盯著盆中的麵條。
雲宓被他逗笑了，說道：「當然好吃，我做的就是最好吃的。」
齊子驍不知道該接什麼話，這人怎麼如此能吹牛呢？
蔥油拌麵配著醃蘿蔔，一家人吃得乾乾淨淨，齊子驍最後把盛麵條的盆子都端起來掃了個乾淨。
吃完後，齊子驍抱著肚子靠在牆上說：「太好吃了。二嫂，妳做的確實是最好吃的。」
雲宓得意地挑了挑眉，正打算收拾桌子時，視線落在了齊子驍的腿上，忍不住問道：「三郎，你這腿是怎麼了？」
「沒事。」齊子驍動了動腿，無所謂地說道：「傷了骨頭，瘸了，不過不妨礙我走路。」
「喔。」雲宓盯著他的腿看了好一會兒，突然伸手觸碰了一下，骨頭突出的位置很明顯。
「啊！」齊子驍瞬間從炕上跳了起來，腦袋撞到房頂，發出「砰」的一道聲響。

齊淮一把攥住了雲宓的手腕，眸子幽深道：「雲娘。」

只見齊子驍驚恐萬分，用顫抖的手指著雲宓，結巴道：「妳、妳、妳想、想幹麼？」

雲宓忙解釋。「我就是想看看你腿還有沒有傷，若是還有傷，就要抹藥。」

「已經長好了。」齊子驍戒備地看著她。「妳、妳……」

「沒事了。」齊淮看向齊子驍。「你二嫂也只是關心你而已。」

「……喔。」齊子驍跳下炕，對雲宓皺了皺鼻子。

齊子驍從雲宓身邊經過時，雲宓忽然轉過頭對他做了個大鬼臉，齊子驍被她嚇了一跳，一瘸一拐地跑出了屋。

這女人真可怕，公子實在太可憐了，他得想辦法救公子脫離苦海！

雲宓一轉臉就對上了齊淮的視線，她若無其事地晃了一下手道：「你抓疼我了。」

齊淮若有所思地看了她一眼，手指在她手腕上輕輕按揉了兩下才鬆開道：「抱歉。」

雲宓偷偷鬆了口氣。她剛才確實有點兒過分了，但一時並沒多想，只當齊子驍是個小孩子，是她錯了。

晚飯後，雲宓收拾了齊淮的被褥搬到自己這邊，雲宓這間土屋的炕算大，她和齊淮不僅能各居一頭，中間還夠放一張小桌。

齊朗將煎好的藥送進來給齊淮，齊淮一口氣喝完後，雲宓就給了他一顆蜜餞。

漱洗完之後，眾人便各自回屋休息，這是自從成親那夜以後，兩人再一次共處這間屋內，雖然有些尷尬，但齊淮想到剛才對齊子驍做鬼臉的雲宓，不禁失笑。

這雲娘……不過還是個小丫頭而已。

第十四章　孤兒寡母

熄了燭火，兩人上了炕，齊淮躺在那裡聽著一旁窸窸窣窣換衣裳的聲音，有些後悔，早知道他就應該讓她換好衣服，他再進來的。

「齊二哥……」雲宓小聲喊他。

「嗯？」

「咱們要不試試一批用豬油做的肥皂出來？每次少做一點，價格可以賣高一些。」

齊淮應著。「好。」

「那讓三郎做。」雲宓皺皺鼻子。「他力氣大。」

齊淮忍不住笑了一聲道：「他的性子就是愛玩愛鬧，不過是個小孩子罷了，有時候說話可能不太用腦子，妳別跟他一般見識。」

「他是小孩子？那我也是小孩子啊，我們一樣大呢。」雲宓翻了個身面對著齊淮。「你就知道幫他。」

說完，雲宓不禁覺得有些臉熱。她這副皮囊裡的靈魂是二十多歲的人了，竟然在這裡胡攪蠻纏，也真是有夠厚臉皮的。

齊淮無奈地說：「我沒幫他，妳不是說他比妳幼稚嘛。」

這下雲宓不高興了，扁著嘴道：「我覺得你偏心，不想跟你說話了。」

「我……」齊淮沒經歷過這種狀況，他與家裡的兄弟姊妹都不親近，只有乳母的兒子子驍在他身邊一起長大，子驍性格大剌剌，罵幾句或說幾句他從來不放在心上。至於旁人，見了自己都是恭敬有加，他從不需花費心思去哄人，一時之間竟有些手足無措。

好半晌後，齊淮才輕聲道：「那我以後多幫著妳？」

快睡著了的雲宓聽到這句話，眉眼忍不住彎了起來，齊淮看起來成熟穩重，沒想到還挺好逗的。

「嗯，可以。」雲宓忍著笑，一本正經道：「那我們以後吵架，你要站在我這邊。」

「好。」齊淮心想，只要齊子驍還吃雲宓做的飯，他們就永遠吵不起來。

「只是……」齊淮決定還是要提醒一下雲宓。「雲娘，男女有別，三郎也不小了，妳……算了，妳想怎麼著就怎麼著吧。」說到底她也是個小孩子，不是有意的。

雲宓被齊淮給逗樂了，不由得笑道：「今天晚上我真的錯了，我跟你道歉，我以後不會再這麼沒分寸了。」

齊淮也翻了個身面對雲宓，兩人在黑暗中隔著一張小桌互相對望，雖看不清對方的模樣，但能感覺出對方在看自己。

只聽齊淮道：「我知道妳是在關心三郎，沒怪妳，不需要道歉，妳日後只需要提前告知一聲就好，別嚇著他，他不經嚇。」

「這樣啊。」雲宓故意道：「那你抓我手腕的時候也沒提前告知啊，我也嚇著了，我一樣不經嚇。」

齊淮沒想到雲宓竟然還會舉一反三，頓時啞口無言，半天不知道該說什麼。

雲宓勾了勾唇，忍著笑道：「齊二哥，蓋房子要怎麼蓋？咱們去哪兒住？」她心心念念要蓋房子，已經有些迫不及待了。

齊淮暗暗鬆了口氣，道：「現在的房子先不拆，明天去南叔那裡問問，看看能不能買一塊地，這房子先留著吧，以後還有用處。」

「那咱們的銀子應該能買一塊很大的地吧？」

「嗯，如果可以，把山底那塊空地都買下來，到時候先圈院子，至於裡面的房子，如果銀子不夠，就慢慢蓋。」齊淮道。

雲宓是在對大房子的憧憬中睡著的，翌日吃過早飯後，一家人便一起去了里正家，說要買地蓋房子。

齊子驍跟著一塊兒去了，一路上齊朗都跟旁人說這是自己的三兒子，村裡人看到齊子驍都覺得詫異。這齊朗先是帶著個病入膏肓的兒子回了村，現在又出現個瘸著腿的兒子，任誰都會覺得好奇。

倒是齊子驍樂呵呵的，讓喊叔就喊叔，讓喊嬸子就喊嬸子。

他們在路上還碰到了王惠蓮，雲宓小聲道：「這是你親大伯母。」

「大伯母好。」齊子驍熱情道：「我剛回村，還不熟，等我有空去您家吃飯啊。」

王惠蓮居然被齊子驍嚇跑了，幸虧分了家，不然不僅要養齊淮這個藥罐子，還要養個瘸子。

「跑什麼呢。」齊子驍撇嘴。「我又不醜，也不吃人。」

雲宓瞪大了眼，第一次覺得齊子驍厲害！她好想把他帶到雲老大家，讓他跟呂桂蘭過兩招，呂桂蘭說不定會被他氣得吐血。

到里正家說清楚來意之後，南世群倒是不驚訝，他早就料到齊朗家早晚有一天會蓋大房子，只是沒想到這麼快。

這年頭村裡能買得起地蓋房子的人不多，所以地也不貴，山腳下那一大片地只要三十兩銀子。

南世群需要將地契拿去縣裡加蓋印章，必須等個幾天，齊淮便將銀子留下，等候南世群將地契拿回來。

要蓋房子得準備很多事情，像是買磚瓦、請泥水匠跟幫工之類的，這些雲宓不懂，便全都交由齊朗去做，她則負責製作新一輪的肥皂。

從雲屠戶那裡買了十斤肥肉和五十斤豬胰子，加上有了齊子驍這個免費勞動力，五百多塊豬胰皂很快就做好了。

「這……原來這麼簡單啊？」齊子驍看著成型後的豬胰皂，簡直不敢相信。「這是怎麼想出來的？二嫂，妳是神仙吧？」

雲宓不禁有些得意。看看，她在小屁孩心裡又成神仙了。

「是啊，我就是神仙。」雲宓小聲跟他說：「我不只會做肥皂，還能治你的腿呢。」

「我不信。」齊子驍撇了撇嘴。「妳怎麼治？」

雲宓揚揚眉，嚇唬他。「打斷了重新再接一次就行。」

「啊！」齊子驍一陣亂叫地跑到齊淮身邊告狀。「她、她、她要打斷我的腿……」

齊淮嘆了口氣，他現在就像養了兩個孩子一樣，這兩人不在一處時都挺正常的，一旦在一處便總要出些事端。

「你放心，她不會的。」齊淮道。

「她會，她就是這麼說的。」齊子驍重重哼了一聲。「她說她能治好我的腿，我問她怎麼治，她說打斷了重新接。二哥，你看好她，她說不定會真的這麼做。」

打斷了重新接？

齊淮還真聽過這種說法，但斷骨重造需要承受相當大的痛楚，而且成功的概率極低……至少他沒見過。

雲宓只是單純跟子驍鬧著玩，還是真的知曉這種事？

隨著相處時間變長，齊淮不再當雲宓是個什麼都不懂的鄉野小丫頭，他甚至在這一刻對雲宓的話抱有了期待。

「三郎，過來切肉。」雲宓對他招招手。

「我不要。」齊子驍撇嘴。

「等會兒我給你做好吃的。」

「好的，來了。」

聽他們兩個說話，齊淮無奈地輕笑了一聲，拿起炭筆在木板上畫了起來，他要快點把之前說的那個省力攪拌器設計出來。

齊子驍將肥肉切成小塊，雲宓將其放入鍋中逼出豬油，將豬油分成兩份放在一旁。

豬肉渣已經沒了油分，變得很酥脆，雲宓便在裡面加了些鹽給齊子驍當零嘴吃，樂得他嘴都咧到腦袋後面去了。

將特定比例的火鹼加一定比例的水融化，雲宓也將其分成了兩份。

肥皂有兩種做法，一種是熱製皂，一種是冷製皂，熱製皂要在鹼水和豬油溫度都在八十度以上時融合，並不停加熱攪拌，而冷製皂則要鹼水和豬油的溫度在三十五度左右時融合。

齊淮不知何時站到了雲宓身旁，雲宓朝他笑了笑。她用平日為齊淮煎藥的小爐子將鹼水加熱，倒入同樣高溫的豬油內，然後用勺子不停攪拌。

「我來吧。」齊子驍上前接過雲宓手裡的勺子，學著她的樣子不停地攪拌。

「記得一直攪拌，別停。」雲宓叮嚀道。

「要攪拌多長的時間？」齊子驍問。

「一、兩個時辰吧。」雲宓道。

「好。」齊子驍點頭，接著神情認真地攪拌，並未因時間太長而有所埋怨。

齊子驍的動作很穩，而且一直保持均速，看起來似乎並不覺得累。雲宓有些驚訝，覺得他挺能吃苦的，不免對這個小屁孩有所改觀。

一旁的齊淮觀察著齊子驍的動作，心裡對攪拌器有了大概的想法。

中途齊朗回來替換齊子驍，但雲宓發現肥皂成型的時間竟然縮短了很多。

她以前在影片上看過，不用攪拌機，用手動攪拌差不多需要四、五個小時，不過她在裡面加了一點靈泉水後，時間竟然大大縮短了，才半個多時辰，皂液就開始變黏稠了。這是意外之喜，靈泉水還真是個寶藏！

攪拌好後，雲宓將其倒入長方形的模具中放在一旁凝固，接著又將冷製皂需要的鹼水和豬油混合在一起，同樣開始攪拌。

「這兩種有何區別？」齊淮問。

「需要加熱的肥皂只要明天就可以使用了，因為加熱破壞了很多東西，所以用起來可能會沒那麼滋潤，但還是比豬胰皂好很多；至於冷製皂，需要風乾二十多天到一個月，這樣的肥皂做出來後細膩滋潤、不傷肌膚。」

齊淮聽得驚奇不已，齊朗和齊子驍也都詫異地望向雲宓，雲宓對齊子驍眨了眨眼道：「你要不要打斷腿？」

這話讓齊子驍忍不住對她呲了呲牙，別開臉去。

齊淮抬手在雲宓腦袋上敲了一下，雲宓吐了吐舌，然後轉頭輕輕瞪了他一眼。齊淮失笑，在她頭上揉了揉以示安撫。

雲宓湊近他小聲說：「下次要提前知會喔。」

齊淮挑了一下眉，沒說話，這讓雲宓覺得逗他可太有意思了。

冷製皂攪拌好後一樣倒入長形模具中等待風乾。相較於黑灰色的豬胰皂，這種豬油皂看起來乾淨清新，比豬胰皂好上千倍。

雲宓道：「這種肥皂的材料比例相當嚴格，用料多了少了，都會影響肥皂成型，所以在一定的時間內沒有人能摸索出配方，就是製作起來有些麻煩。」

這讓雲宓有些發愁。今天做的量少，而且齊子驍和齊朗臂力驚人，才能夠堅持長時間攪拌，要是大批製作，就不是現在這麼簡單了。

「放心吧，我有辦法。」齊淮安撫雲宓。

齊淮修改圖紙的時候，南文行從縣裡回來了。那日南文行並未同他們一起回來，而是又在縣裡待了一天，他這次帶著三百斤醃蘿蔔的訂單上門。

三百斤醃蘿蔔一天便做好了，南文行離開時除了醃蘿蔔，還帶走了之前齊淮答應給盛子坤的一百塊豬胰皂。

熱製皂第二日便凝成了結實的硬塊，雲宓拿起一塊放在水裡搓了搓，手上出現了大量的泡沫，她笑了起來，說道：「齊二哥，成了。」

齊淮接過雲宓手中的肥皂，覺得太神奇了，豬油竟真的能做成肥皂，他看雲宓的眼神帶著不可思議。

雲宓只當沒看見，自顧自道：「現在天氣暖和了，我們上山採些花瓣放入其中，或是買些香料，做成不同樣式的，那些富家小姐肯定喜歡，不過那就不叫肥皂了，而是要叫香皂，因為香香的。」

她越想越開心，看向齊淮說：「齊二哥，你那個攪拌器想得怎麼樣了？」
聞言，齊淮恍然回神道：「已經有了雛形。三郎，你去喊阿公來家裡一趟。」
齊子驍去喊了齊老頭過來，一路上親親熱熱地說：「阿公啊，我是三郎，是您親孫子呢，以後我要是有什麼事，您可得幫我啊。」
他的態度讓齊老頭不知道該怎麼回應。這孩子有些虎，不像老齊家的性子。
雲忞見到齊老頭也特別熱情地說：「阿公啊，我的家具做得怎麼樣了？」
齊老頭悶聲道：「快好了。」
「謝謝阿公，等會兒給您做好吃的。」
話不多的齊老頭應道：「好。」
齊淮將自己畫的圖還有自己的想法說給齊老頭聽，齊老頭聽了以後皺眉道：「聽起來應該能做，但具體如何，還需要試試。」
「那麻煩阿公了。」
「急嗎？」齊老頭又問。
「急。」齊淮點頭。
「好，我現在就回去做。」
齊老頭立刻起身往回走，卻被齊淮拽住。「阿公，急也不差這一會兒工夫，吃完飯再走。」

「對啊，阿公，我二嫂做飯可好吃了。」齊子驍得意洋洋地炫耀。

齊老頭悶不吭聲，卻沒再表示要離開。

午飯雲宓做了涼皮，將熟芝麻碾碎做成芝麻醬拌入其中，涼皮薄而有勁，咬一口滿是醬汁。一家人全都驚訝不已，不過一點白麵，竟能做出如此與眾不同的口味，太讓人意外了。

雲宓特地裝了些讓齊老頭帶過去給齊老大，然後又分了幾份，包含從縣裡帶回來的蜜餞果子，一份讓齊子驍送去里正家，一份由她拿給隔壁顧三娘。

顧三娘見雲宓帶了這麼多東西，很不好意思地說：「大丫總去妳那裡，妳還往這送東西，這怎麼行呢？」

「我這是有事相求呢。」雲宓笑嘻嘻道。

「有什麼事，妳說。」顧三娘忙道。

「我買了些布疋想做些新的被褥跟床單，但我不會做……」雲宓有些難為情地說道。

「這沒什麼，我幫妳做。」顧三娘道。

「謝謝嬸子了，還有我家三郎，要幫他做幾件衣裳，也麻煩您了。」

兩個人正說著話，外面傳來一個女人的聲音。「妹子在家嗎？」

顧三娘走出去，發現是隔壁村的媒婆，不由得皺眉道：「在呢，戚大嫂找我有事嗎？」

「是好事。」戚大嫂笑咪咪地走進院子。「妹子大喜啊，給妳找了門好婚事。」

「婚事？」顧三娘搖頭。「戚大嫂請回吧，我現在不願想這些，只想好好撫養大丫。」

「妳先別急著拒絕嘛，這家男人很好的，妳先聽聽。」那戚大嫂往院內的木墩上一坐，蹺起腿。「這男人是梁家村的，前兩年死了婆娘，家裡只有他和一個獨子，爹娘也早就沒了，他踏實能幹，妳嫁過去吃不了苦頭的，放心吧。」

雲宓在屋內聽著皺了皺眉，不過這媒婆說得倒挺像那麼回事。顧三娘守寡還帶著個孩子，日子並不好過，若有合適的男人，再嫁不是不行，對方單身帶個孩子，也算匹配。

顧三娘一直沒說話，雲宓也不知她怎麼想的，只聽戚大嫂又道：「妹子，妳若覺得合適，我就讓他來相看相看？」

見顧三娘似是有些猶豫，雲宓忍不住走出去開口問道：「那戶人家能給聘禮嗎？」

戚大嫂看到雲宓，忍不住眼睛一亮，忙點頭道：「能，人家說要給十兩銀子聘禮呢。」

十兩銀子聘禮？不對，肯定有問題。

雲宓作為當初被逼婚而跳河的過來人，特別警覺地問道：「既然給十兩銀子的聘禮，肯定有什麼條件吧？」

「能有什麼條件啊，就是看上三娘了唄。」戚大嫂的眼神有些閃躲。

顧三娘此時也反應了過來，冷冷說了句。「妳要是不說實話，就走吧。」

「唉呀，好好好，說實話。」戚大嫂站起來，一手拍在大腿上。「人家說了，他那獨子今年十三歲，妳家大丫年齡小一些，到時候不如讓大丫嫁給他兒子，這不正好一家人嘛，也不過分。」

大丫倏地抱緊了雲忞的胳膊，急道：「姊姊，我不想嫁人。」

「不嫁、不嫁。」雲忞忙安撫她。「大丫不想嫁就不嫁。」

顧三娘憤怒道：「戚大嫂，妳說的是什麼渾話！」

「妹子別生氣，這哪是渾話呢？妳想想啊，如此這般，家裡的錢財還不都是妳和大丫的，多好啊！免得妳嫁過去以後他對大丫不好，要是到時候大丫嫁給別人，他卻不出銀子，大丫也是會受欺負的。」

顧三娘氣得渾身發抖，不待她說話，牆頭處就傳來了齊朗的聲音。「這說的可是梁家村的梁大？」

戚大嫂聞聲看過去，就見齊子驍正露了個腦袋趴在牆上看熱鬧，倒是沒瞧見齊朗，只聽到了聲音。

「是呢，就是梁大。」戚大嫂道。

「那梁大的兒子……我記得是個傻子吧？」齊朗的聲音又傳了過來。

雲宓聞言腦子「轟」的一響，克制不住脾氣道：「妳這人怎麼如此沒有道德呢，怎麼能騙大丫嫁給一個傻子？」這要是放到現代社會，她就要讓這個無良媒婆上新聞了。

顧三娘直接拿起掃帚往戚大嫂身上打了過去，喊道：「滾！給我滾！」

「顧三娘，像妳這樣的女人不會有男人喜歡的，我看妳嫁不出去了，妳們母女倆就孤老終死吧！」戚大嫂罵罵咧咧地往外跑。

雲宓隨手拿起一旁的一根蘿蔔對著戚大嫂的背影扔了過去。氣死她了！果然在這種封建社會，女人是沒有地位的。

齊子驍急忙跳下牆頭，跑到屋內對齊淮道：「二哥，快來，你媳婦兒拿蘿蔔打人了！」

「打人？」齊淮忙站起身往外走。「打誰？她受傷了嗎？」

第十五章　引人矚目

兩人剛到院內，便聽見另一邊傳來說話聲。

「娘，您沒事吧？」大丫撲過去抱住顧三娘。

顧三娘摸摸她的頭，勉強露出一抹笑來。「沒事，妳放心，娘不會為了銀子把妳賣給別人做媳婦兒的。」

雲宓在一旁看著這母女倆，突然道：「大丫，我教妳賺錢吧。」

「嗯？」大丫看向她，眼睛亮了起來。「賺錢？」

「對，賺錢。」雲宓看著顧三娘。「嬸子，要不然我教妳和大丫做雞蛋灌餅跟涼皮，妳和大丫擺個小吃攤賣吃的吧，肯定能賺錢的。」

「真的嗎？」顧三娘有些無措。雲宓做的飯有多好吃她很清楚，雞蛋灌餅她也吃過，在鎮上從來沒有人做，若是賣這個，一定會賺錢的。

「真的。」雲宓點頭。

「那、那……我花錢買妳的配方，我不能白要。」顧三娘說道。

「這個等賺了錢後再說。」雲宓微微彎腰看著大丫，對她道：「以後妳就賺很多很多錢，找一個喜歡的男人嫁給他，若是沒有喜歡的男人就不用嫁人，不需要為了活著而成親，好不好？」

「真的嗎？」大丫抓住雲忞的手，滿懷希望地看著她。

「當然可以。」雲忞摸摸她的臉。「不僅可以，當妳有了很多很多錢之後，就可以找好多俊俏的小郎君，讓他們排成一排，然後妳選一個最好看的……」

「雲娘……」顧三娘忍不住笑斥了聲。

雲忞吐吐舌頭道：「開玩笑呢，嬸子別當真。」

大丫笑了起來，點頭道：「好，我要跟姊姊賺錢。」

這邊院裡，齊子驍震驚到下巴都要掉在地上了。「二哥，她、她……她不守婦道，竟然想選男人……你、你、你……」

「閉嘴。」齊淮無奈地轉身往屋內走。

「二哥……」齊子驍忍不住問道：「你不生氣嗎？」

「生什麼氣？」齊淮坐回炕上，拿起毛筆繼續寫字。「你以前不也總說要找一群天姿國色的姑娘讓我一個一個挑，挑一個最漂亮的嗎？」

「是，我是這麼說過沒錯，但、但你是男人，她是女人啊，她一個女人怎麼能說出這種話來呢？」齊子驍坐到齊淮對面。「男人跟女人是不一樣的。」

「男人跟女人不一樣？」齊淮看了他一眼，點頭道：「確實，男人跟女人是不一樣的，比如雲娘會做東坡肉、做涼皮、做肥皂，咱們就不會。喔，對了，馬上要蓋的大房子也是靠雲娘賺錢才成的，男人與女人確實不一樣。」

齊子驍一臉無語，心想：完了，完了。

他恍恍惚惚走出門，坐到院中，默默望著天空。他家公子真是虎落平陽被犬欺……不，被女人欺啊，而他竟然也寄人籬下，太慘了，簡直太慘了……

雲宓安撫完大丫後急匆匆回到家裡，先進屋喝了一大杯水後才對齊淮道：「齊二哥，我想教嬸子做雞蛋灌餅和涼皮，讓她在鎮上開小吃攤，你覺得行嗎？」

「行。」齊淮點頭。「鎮上離村裡不遠，嬸子母女又能幹，可以。」

「孤兒寡母，會不會被人欺負啊？」雲宓坐到齊淮身邊，低頭看他在寫什麼，不過看了幾眼以後就放棄了，她又忘記了，她識的字不多。

齊淮想了想，道：「其實有很多女子出去做工，畢竟這年頭生活不易，女子也沒辦法大門不出二門不邁，無論男人還是女人，但凡要賺錢，都會遇到很多麻煩，這是不可避免的，只能說是水來土掩、兵來將擋了。」

雲宓點頭，確實如此啊，總不能為了避免麻煩，就蹲在家裡坐吃山空吧。

齊淮看她一眼，若無其事道：「我方才聽到妳跟大丫說的話了。」

「賺錢嗎？」雲宓毫無所覺地說：「你不知道，剛才有個媒婆要讓嬸子和大丫嫁給父子倆，那兒子還是個傻子，可把我氣壞了，怎麼會有她那種人，女人為難女人，比男人為難女人還壞。」

齊淮詫異地看她一眼，這小丫頭總是語出驚人。他揚了一下眉，道：「所以，妳也想等以後賺了銀子，選一個更加俊俏的小郎君嗎？」

「啊……」雲宓愣怔了一瞬，然後便乾笑兩聲。「我那是開玩笑的，為了激勵大丫而已。」

「激勵？」齊淮點頭。「這樣啊，所以妳覺得這種激勵會讓人充滿希望？」

雲宓一臉尷尬。得，這是挖了個坑把自己埋進去了。她扁著嘴看著他說：「你這人真沒意思，還不許別人開玩笑了？」

齊淮笑了笑，將硯臺放到她手邊道：「幫我磨墨。」

雲宓拿起墨條慢慢磨著，看著齊淮執筆寫字。

齊淮不光是字寫得出色，寫字時的姿態也很迷人，如傲雪青松，既冷峻又挺拔，但雲宓坐在一旁時，又能感覺到他這個人骨子裡的溫度，無論是穿越前還是穿越後，她都從未見過這樣的男子。

「齊二哥。」雲宓托著腮偏頭看著齊淮。「你以前想過要娶個什麼樣的娘子嗎？」

「沒有。」齊淮搖頭，那時他只想著讀書練武跟征戰沙場，甚至認為自己這一生都不會娶妻，從未料想過會有今時今日。

「那你覺得你會喜歡一個什麼樣的女子？」雲宓又問。

齊淮看她一眼，勾了勾唇，很認真地想了想，片刻後說道：「我覺得不是我會喜歡一個什麼樣的女子，而是有一日遇到了，這個女子恰好成了我喜歡的樣子。」

雲宓自詡念了十幾年書，竟然沒聽明白。他用點兒人能聽明白的詞語不行嗎？比如溫柔賢慧、秀外慧中之類的。

托著腮想了半天，雲宓覺得算了，母胎單身不配理解這些問題，還是說點實際的吧，她笑咪咪道：「晚上給你做玉米羹好不好，帶甜味的。」

齊淮失笑，點點頭說：「好。」

泗寧縣西臨谷江，每日碼頭處都有新鮮的魚蝦，也有商船往來停泊。

柴武軒在水上走了四、五天，好不容易有地方停靠，忙帶著小廝下了船打算找地方打打牙祭。

「大伯，你們這裡哪家酒樓的飯菜好吃？」柴武軒問岸邊賣魚的老翁。

老翁上下打量他一番，見柴武軒穿著華麗，便道：「想吃稀奇菜品便去狀元樓，一兩銀子能買一盅佛跳牆，每日只有二十盅，去晚了就吃不到了。」

佛跳牆？那是什麼？

柴武軒這些年走南闖北吃過不少新奇東西，但在這麼一個小地方一道菜竟然要一兩銀子，倒是引起了他很大的興趣。問清楚狀元樓所在的方向，柴武軒便帶著小廝往那邊去了。

一路上，柴武軒習慣性地打量著街邊的各種小攤，想從裡面找出些稀奇玩意兒，但這泗寧縣就是個普通的縣城，賣的也都是一般東西，沒什麼特殊的。

不過到了狀元樓時，柴武軒還是有點驚訝，不到午膳時間，狀元樓內卻人聲鼎沸，幾乎每個人嘴裡都喊著。「來份東坡肉，配一碟醃蘿蔔。」

已經沒有雅間了，柴武軒便帶著小廝坐在大堂內。

「來一盅佛跳牆。」柴武軒道。

「巧了，這是最後一盅佛跳牆，客官再來晚一點兒就沒有了。」小六子道：「客官還要點些什麼？」

「你們這兒還有什麼招牌菜？」

「東坡肉、醃蘿蔔跟小籠湯包，客官要嚐嚐嗎？保證好吃。」

「什麼是東坡肉？」柴武軒覺得稀奇。

「這東坡肉啊，就是豬肉做的……」小六子指了指旁邊的桌子。「您看，那就是東坡肉。」

柴武軒順著小六子手指的方向看過去，眼前一亮，那切得整整齊齊的肉塊晶瑩透亮、湯汁濃郁，只看著便覺口舌生津。

「為什麼要叫東坡肉？」柴武軒好奇道。

「啊？」小六子撓了撓頭。這還是第一次有人這麼問，雲掌櫃也沒說為什麼叫東坡肉啊？

小六子想了想，說道：「可能是在東坡上養的豬，所以叫東坡……肉？」

柴武軒被小六子逗笑了，又道：「好，你說的都來一盤，我嚐嚐。」

「好咧，客官您稍等，菜馬上來。」

小籠湯包咬一口鮮香濃郁，東坡肉肥而不膩，哪怕是醃蘿蔔也酸爽可口，更不要提這道一兩銀子一盅的佛跳牆了，簡直是神仙美味。

柴武軒從未想過竟然會在這樣一個地方吃到如此料理，這世上當真藏龍臥虎。

這一餐柴武軒吃得很是舒心，結賬時夥計又送來一塊黑乎乎的東西給他，說是點佛跳牆送的禮品。

「這是什麼？」

「客官沒見過吧。」小六子得意道：「這叫肥皂，拿來洗手、洗臉、洗頭髮或洗衣服都可以，比皂莢好用多了。」

「什麼？」柴武軒一臉震驚地看著手裡的肥皂。「你說的可是真的？」

「自然是真的，客官如若不信，那邊有水，您可以試一下。」

柴武軒立刻拿著手裡的肥皂來到水盆邊，將其放入水中輕輕揉搓了一下，竟出現了泡沫，雖然手上會殘留一些黑色物體，但用水沖洗乾淨後，便覺得皮膚滋潤清爽。

這讓柴武軒大為震驚，他仔細觀察著手裡的肥皂，認定這裡面一定有草木灰，至於草木灰為什麼會變成這樣，一定還加了別的東西，但到底是什麼呢？

「小二哥，這肥皂是從哪兒買的，可否告知？」柴武軒扯住小六子問道。

「客官，這肥皂買不到的，只有在我們這兒買佛跳牆才能得到，您今天是來巧了，再等兩天，這肥皂就沒有了，不送了。」

柴武軒扯著小六子不肯鬆手。「那我能見見你們掌櫃的嗎？」

這讓小六子很是為難，佛跳牆剛剛賣了兩天，便引來縣中大量富豪鄉紳的注意，他們得到了肥皂後也很好奇，一直想要見掌櫃的打聽這肥皂的事情。

小六子本想直接拒絕，但柴武軒一看便是富貴行商，氣度不凡，他想了想，說道：「我幫您去看看掌櫃的在不在。」

「那謝謝小二哥了。」柴武軒說著，掏出幾塊碎銀子塞到了小六子手裡。

小六子眉開眼笑。「好，客官稍等。」

他去後廚找到了盛子坤，盛子坤正在跟馬榮研究佛跳牆的方子，這佛跳牆一做出來便獲得源源不絕的稱讚，但盛子坤總覺得少了些什麼，不如雲宓當初做的那般驚豔。

聽到小六子的話後，盛子坤問道：「可見過他？」

「沒有，不像咱們縣裡的人。」小六子搖頭。「看他的著裝打扮，應該是從船上下來的。」

船上？盛子坤若有所思。齊淮做了這肥皂自然想要賺錢，這種稀奇東西早晚會被傳揚出去的，若是有行商能合作，似乎是個不錯的選擇。

「走，去見見。」盛子坤跟著小六子出了廚房。

縣裡發生了什麼事情，雲宓和齊淮也知道一些，畢竟這幾日南文行一直往返縣裡，佛跳牆被眾人追捧，還有肥皂的神秘吸引力，都在他們的預料之中。

家裡的豬胰皂已經存了兩千多塊，而熱製皂與冷製皂也正在少量多次地慢慢製造，積攢了不少。

當齊老頭將攪拌器送來時，雲宓繞著這個用木頭做成的物品，驚嘆連連。

這攪拌器的攪拌端類似打蛋器，中間有個軸承，右邊有一個手柄，可以透過手搖帶動攪拌器，可最神奇的地方不是手搖，而是在手搖桿下方還有腳踏板，可以用雙腳踏上去帶動攪拌器轉動。

雲宓一時之間不知道該感慨齊淮的腦子聰明，還是讚嘆齊老頭的工藝能力強了。

這兩天一直做苦力的齊子驍看到這東西，簡直就像見到了救星一樣，就差抱著這攪拌器哭了。

齊子驍立刻將這攪拌器放進皂液裡試了一下，果然輕鬆許多，手累了可以換成腳踏，而且這力度比單獨用手要大得多，也快上許多。

仔細試用了一下後，齊淮看出了幾個小毛病，便又同齊老頭商量了一番，他不停點頭道：「好，做下一個時我再改改。」

齊淮讓雲宓拿出二兩銀子給齊老頭，不過他怎麼都不肯收。

「阿公，您要是不收，以後我可不給您做好吃的了。」雲宓笑道。

「快收著。」齊子驍接過銀子塞到齊老頭手裡。「阿公，您好好攢錢，我以後還要娶媳婦兒呢。」

此時齊朗一巴掌拍在齊子驍腦袋上說：「沒大沒小，幹活。」

齊子驍呲了呲牙，他剛回來那幾天他爹可寶貝他了，這才幾天啊，就變了個人。

雲宓跟著齊淮回到屋內，替他沖了杯蜂蜜水後，湊到他身邊小聲道：「齊二哥，你好厲害，那個攪拌器可太有用了。」

齊淮這一生受過無數誇讚，向來泰然處之，但被雲宓這個小丫頭這般直白地誇獎，竟還覺得挺有意思的。

「妳有事要同我說？」齊淮笑睨著她，時間長了，對她也算了解，這小丫頭有事的時候嘴巴可甜了。

雲宓被看穿心思也不尷尬，笑道：「是這樣的，我教了嬸子和大丫做雞蛋灌餅和涼皮，涼皮在家裡就可以做，但雞蛋灌餅必須做熱的，你能不能幫她設計一個攤車。」

「攤車？」

「對。」雲宓拿過炭筆在木板上畫給齊淮看。「就跟牛車似的，有兩個輪子可以滾動，上面有一個檯面，鑲嵌一個鐵鍋，下面是火爐，旁邊放一個可以和麵的案板，下面再有幾個小格子放雜物。」她將在現代看到的小吃攤車樣式說給齊淮聽。

齊淮不由得看向她道：「妳腦袋裡怎麼會有那麼多東西？」

雲宓想了想，說道：「其實每個人腦子裡都有很多東西啊，只不過是沒辦法實現罷了，但是我不一樣，我有你啊，我想什麼，你都能幫我實現，對嗎？」

齊淮挑眉，雖然顧左右而言其他，而且明顯是轉移話題並刻意誇讚他的小聰明，但這話任誰聽了以後心裡都會覺得熨貼。

「那給銀子嗎？」齊淮逗她。

「給啊，當然給，我又不是無良掌櫃。」雲宓拿出幾兩銀子在齊淮眼前晃了一下。「你看你比阿公賺的還多。」

「那謝謝掌櫃的。」

齊淮正伸手去接，雲宓卻迅速收回手，並笑道：「我先幫你收著，萬一你弄丟了呢。」聞言，齊淮併起兩指在她鼻尖上彈了一下道：「都是妳的，我不要。」

摸了摸有些發燙的鼻尖，雲宓拿著銀子去了外面，齊子驍一邊吃著雲宓特地為他做的豬肉乾，一邊樂呵呵地在那攪拌皂液。

雲宓給了他二兩銀子，說道：「給，這是你的。」

「給我銀子做什麼？」齊子驍納悶。

「買東西啊，你想買什麼就買什麼，不夠再跟我說。」

「我要銀子又沒用，外面的東西也沒有妳做的好吃。」齊子驍嫌棄地別開臉，又拿起一片肉乾放到嘴裡。「要不，二嫂，妳給我做二兩銀子的豬肉乾吧。」

那麼大一塊肉做成肉乾只有一點點，他半個時辰就能吃完，這要是二兩銀子的豬肉乾，他能吃幾天了吧？

雲宓頓時無語。這個吃貨一輩子也找不到媳婦兒的……

顧三娘學會做涼皮和雞蛋灌餅後，一刻也等不了，很快便決定在鎮上開小吃攤。涼皮在家裡做，提前磨好芝麻醬，而雞蛋灌餅需要的鍋則放在南文行的雜貨鋪子裡，每日在家準備好食材，就用板車拖著去鎮上。

雲宓聽完顧三娘的計劃，雖覺得有些辛苦，但似乎也沒有其他辦法。若是鎮上有房子，她就不用每日來回奔波了，但這年頭孤兒寡母活著都不容易，哪買得起房子啊。

翌日顧三娘第一天開張，雲宓便同她一起過去幫忙，顧三娘起先不想麻煩雲宓，但她堅持，顧三娘只得同意了。

幾張桌椅跟板凳，這小吃攤很簡陋，齊淮為她在木板上寫了個名字，叫「三娘雞蛋灌餅」。

小吃攤就開在南文行的雜貨鋪旁邊，兩側是餛飩攤和賣燒餅、饅頭的。每到了午膳時間，那些家裡趕不及做飯的，或是在外面做工的人吃不起館子，就會到路邊的小吃攤光顧。

「什麼叫雞蛋灌餅？」看到新開的小吃攤，有人走過來問道。

「就是將雞蛋倒入餅中，抹了醬來吃，大哥要不要嚐嚐？」顧三娘一個人帶著孩子過了這麼多年，自然不怕跟人打交道，倒是雲宓從未這麼賣過東西，有些小緊張。

「多少錢？」那人好奇道。

「雞蛋灌餅和涼皮都是十文錢一份。」

「涼皮？」那人往一旁的盆中看去，這晶瑩剔透的東西他從未見過。「這個也可以吃？」

「可以吃。」大丫道：「可好吃了，拌上芝麻醬很香的。」說著她還抿了一下唇。

這人被說得動了心。雖然十文錢一份的價格不便宜，但從來沒見過的東西總能引起人的興趣。

「給我來份雞蛋灌餅。」

「好，馬上好。」第一單生意上門，顧三娘很是興奮，馬上就開始做。

第十六章　立身不易

顧三娘在家裡練習了很多次，所以料理起來很熟練，很快便做好了第一張雞蛋灌餅，將餅用油紙包著遞給這第一個客人。

那人將十個銅板遞給旁邊的大丫，大丫忙將銅板放入了錢箱內，叮鈴噹啷的聲音讓大丫有些開心，不由得看向雲宓，雲宓也笑了，無論什麼時候，賺錢總是讓人心情很好。

客人拿過雞蛋灌餅迫不及待地咬了一口，然後睜大了眼睛道：「真的好吃，這餅又酥又軟，上面抹了什麼醬？這醬也美味……」

聽到客人稱讚，顧三娘鬆了口氣，與雲宓對視一眼。

「要不然再嚐嚐涼皮？配著涼皮更好吃呢。」雲宓趁熱打鐵。

「好、好，來一份嚐嚐。」那人走到桌子旁坐下。

大丫俐落地拌了一碗涼皮，雲宓則端了一小碟醃蘿蔔放到桌上說：「這是送的，不要錢。」

雲宓特製的醃蘿蔔在鎮上已不是什麼不容易吃到的東西，若不上飯館又想吃，可以在雜貨鋪子裡買到，但也是手頭寬裕的人才會買，普通人家一般不會買，能在一個小吃攤上免費吃到這麼一小碟，還是讓人很高興的。

涼皮端上來，那人嚐了一口後便不再說話，大口吃了起來。

旁邊的人見他一口雞蛋灌餅一口涼皮吃得香，都有些動心想要嚐嚐，終於有人忍不住上前道——

「給我來一張餅。」

「也給我來份涼皮。」

「我要一張餅跟一份涼皮，送醃蘿蔔是不是？」

「送、送的，只要點兩份就送醃蘿蔔。」大丫忙道。

小吃攤前一時之間排了五、六個人，錢箱裡不時便傳來銅板投入的聲音。

雲宓覺得挺欣慰的，這才不過半個時辰，就賣了差不多一百文錢了，果然賣小吃走到哪兒都能賺錢，當然了，前提是能吃苦。

到了午膳時間，人越來越多，雲宓也跟著忙了起來，碗不多，所以用幾個後就得洗碗，大丫覺得碗髒不讓雲宓洗，雲宓便去拌涼皮，三個人忙得不可開交。

柴武軒跟盛子坤見了面聊完後，提出要買肥皂的想法，但盛子坤並未給他答覆，只說還要問一下製作肥皂的掌櫃。柴武軒也知這種事急不來，但又不甘心，若是能談成這筆肥皂生意，這其中的利潤就太可觀了。

他立刻決定停止原先的行程，打算在泗寧縣看看情形，有點兒生意頭腦的人現在都在盯著這肥皂，一不小心就可能錯過機會，不過盛子坤口風很嚴，什麼都問不出來。

柴武軒四處打聽了一番，倒是獲得了一些消息，比如這狀元樓新出的醃蘿蔔出自西田鎮的一家雜貨鋪子。

這醃蘿蔔用料簡單，但酸爽可口，雖不是什麼名貴的東西，但柴武軒從未嚐過這種口味，不禁對這西田鎮有了些興趣。反正要在泗寧縣多待幾天，柴武軒便乾脆租了輛馬車到西田鎮瞧一瞧。

泗寧縣的狀元樓人多尚可理解，不過這小鎮上的一個小吃攤旁圍了這麼多人，就讓人有些好奇了。

「大嫂，那邊是賣什麼的？」柴武軒的小廝問在旁邊賣菜的女人。

「雞蛋灌餅跟涼皮，今天剛來擺攤的，聽說很好吃，就是有些貴。」那大嫂也看了顧三娘她們好一會兒了，但那兩樣東西都是十文錢一份，她不捨得吃。

這讓柴武軒來了興趣，自從踏入泗寧地界，總會遇到些奇奇怪怪的東西。他走過去，先看到「三娘雞蛋灌餅」的木牌，上面的字飄逸瀟灑，不像是普通書生寫得出來的。

柴武軒忍不住道：「好字。」

聽到聲音，雲宓抬起頭來，看到柴武軒後，笑著問道：「您是誇這幾個字嗎？」她指了指那木牌。

「對。」柴武軒點頭。「確實是好字。」

雲宓與有榮焉，小得意道：「嗯嗯，我也覺得寫得挺好的。」

柴武軒注意到面前的小姑娘，她生得白白淨淨，笑起來眉眼彎彎的，不像是鄉野丫頭。

他下意識地放柔聲音道：「給我來一份雞蛋灌餅和一份涼皮。」

「好，您坐著等一下。」

柴武軒坐到桌旁等著，大丫率先為他上了一小碟醃蘿蔔。

雲宓動作俐落地拌著涼皮，柴武軒的視線忍不住落在她身上，這小丫頭只能算是清秀，稱不上美豔動人，卻有種難以言喻的吸引力。

做好以後，雲宓端著涼皮和雞蛋灌餅放到柴武軒面前說：「您慢用。」

這個時間已是午後，小吃攤上的食客漸漸散去，大丫拿著錢箱在那數著，竟然有三百文錢之多。

大丫興奮地抱住顧三娘，小聲喊道：「娘，咱們賺了好多錢，好多好多……」

顧三娘也沒想到不過短短一個多時辰，竟然能賺到這麼多錢，她喜極而泣，拉著雲宓的手道：「雲娘，以後我們賺到的錢都分妳一半。」

「別、別。」雲宓忙擺手。「說實話，這只是小手藝而已，嬸子別放在心上。」見顧三娘還要說什麼，雲宓馬上道：「妳要是覺得過意不去，以後我們家的衣裳妳都不收錢幫我們做好不好？」

顧三娘這才應了下來，但心裡還是覺得要找機會報答雲宓。

雞蛋灌餅與涼皮也讓柴武軒驚訝，泗寧縣到底有多少新奇玩意兒，他以前竟從未聽說過。

柴武軒吃完後過來給錢，待顧三娘收了銅板放進錢箱，柴武軒便問道：「不知大嫂這手藝是從何處學來的？」

「自己琢磨的。」顧三娘怕招惹是非，沒說是雲宓教的。

「大嫂可真厲害。」柴武軒感嘆，以後可不能再小瞧這些鄉野之人了。

「那小姑娘是妳女兒嗎？挺能幹的。」柴武軒看向在一旁跟大丫說笑的雲宓。

「不是。」顧三娘搖頭。「是我家妹子。」

「喔。」柴武軒不再多問，往一旁的雜貨鋪子走去。

小廝跟過來在他身邊輕聲道：「爺，要是看上了，不若買回去做個侍妾。」

「胡說。」柴武軒輕斥一聲，卻還是忍不住回頭看了一眼。

臨近傍晚，做雞蛋灌餅的麵用完了，涼皮也售罄，顧三娘收了攤，打算將鍋放到南文行的雜貨鋪子裡，不料之前那位富貴公子的小廝又出現了。

這小廝是一個人來的，他來到顧三娘面前，直接當著雲宓的面道：「這位大嫂，我家公子看上了妳家妹子，想娶她做個侍妾，妳們回去商量一下，如果可以，他願意出五十兩銀子做聘禮。」

娶她做妾？顧三娘和雲宓都愣住了，好半天沒緩過神來。

小廝以為兩人是被這天上掉餡餅的事給砸暈了，倨傲道：「妳們放心吧，我們公子人很好，對姨娘與侍妾一向寬厚，不會虧待妳的，妳們的家人也會安置妥當。」

他的語氣裡帶著施捨他人的高傲，這讓雲宓很不舒服。

「姨娘跟侍妾？有很多嗎？」雲宓問。

「放心吧，不多。」小廝搖頭。「姨娘不過五位，侍妾也才七、八個而已。」

就這樣還叫不多？雲宓與顧三娘對望了一眼，不知道該說什麼。

倒是大丫，她急切地嚷道：「雲姊姊才不會去給人當侍妾呢！」

小廝處理過很多這種情況，一點兒都不慌張，這些人嘴上說著不願，最後還不是高高興興把人送上門。「妳們回去考慮一下，但時間不多，若是想明白了，三日內可以去泗寧縣的悅來客棧找我們。」

顧三娘正要開口回絕，雲宓就說道：「我相公、公爹還有小叔子他們可能不會同意。」

小廝眉頭倏地擰了起來，說道：「妳成親了？」

「嗯。」雲宓故意道：「是正房娘子，不是姨娘，也不是侍妾。」

小廝打量她一番，小聲嘀咕。「也不像成了親的樣子啊。」

他接著道：「這樣吧，我回去問一下公子介不介意，若是不介意，可以問一下妳家相公願不願意和離，若同意和離，可以另外給他十兩銀子。」

雲宓簡直無語，這小廝當真是目中無人。

小廝說完後轉頭就走，絲毫不拖泥帶水，顯然這種事情做過不是一、兩次了。

雲宓覺得就像是吃了口蒼蠅一樣，渾身泛著噁心，這世道的女子果真命如草芥，可以被人隨意踐踏。

收了攤之後，顧三娘將鍋送到南文行的雜貨鋪子裡放著，南文行的娘子見到雲宓，忙道：「雲娘，方才有人來打聽醃蘿蔔的事情，那人穿著很是華麗，他說自己是個行商，有商船，想來是做大生意的，我讓他明日再來，妳看看要不要見見他，說不定有大生意呢。」

「知道了，謝謝嫂子，我回去同齊二哥商量一下。」

顧三娘拖著板車與大丫還有雲宓一同回村，這個時辰已經沒有牛車，所以只能走路回去。

一路上雲宓都悶悶不樂的，顧三娘不免嘆了口氣道：「雲娘，這世道便是如此，妳不要多想，二郎對妳很好，妳很幸運。」

雲宓吁了口氣。是啊，她確實挺幸運的，齊淮有數不過來的長處，但最大的優點便是能尊重她，在這個時代是多麼難能可貴啊。

想到這些，雲宓加快了步伐，她想快點回家見到他，替他沖一杯蜂蜜水，聽他說話，看他寫字。

天擦黑時雲宓回到了家，發現門口停了一輛馬車，剛進到院中，便聽到屋內傳來說話聲，那個聲音有些熟悉，似乎在哪裡聽過。

推開門進去，坐在椅子上的齊子驍一下蹦了起來，嚎叫。「二嫂，妳終於回來啦，我快要餓死了！」

雲宓沒說話，視線落在了屋內那人的臉上，竟然是白天去攤子上吃東西的那個富商。

柴武軒也沒想到會在這裡遇到雲宓，一時之間有些手足無措，尤其是在小廝說要用五十兩銀子買回去給他做侍妾，卻得知這小姑娘已經嫁人以後，此時相見，更是無比尷尬。

齊淮察覺到兩人之間似乎有些不對勁，但還是若無其事地對雲宓招招手道：「雲娘，這位是柴公子，他想要跟我們做肥皂生意。」

他又介紹道：「柴公子，這是內人，雲娘。」

柴武軒頓時說不出話來，這也太巧了。

其實柴武軒能找到齊家實屬運氣，他在南文行的雜貨鋪子裡沒問出想要的訊息，但街面上仔細打聽便得知這醃蘿蔔出自南雲村齊朗家，他一進這裡的門便看到了滿院子的肥皂，不禁激動萬分，馬上提出與齊淮合作的要求。

柴武軒是行商，談吐不俗，還有自己的商船，齊淮覺得這是個機會，肥皂生意絕不能只在泗寧縣做，必須打開銷路，憑他看人的眼光，這個柴武軒應該能合作，不過他並未立刻點頭應承，而是說要問一下自家娘子的意見。

聽完齊淮的話，雲忞淡淡道：「不要，我不同意。」

齊淮詫異地看了一眼雲忞。要知道，以往但凡牽扯到賺錢的事情，雲忞一定會雙眼發亮，今日卻不知是怎麼了。

他瞄向柴武軒，看樣子是跟這個人有關。

雲忞往齊淮身邊靠了靠，他輕輕握住她的手腕，然後笑著看柴武軒說：「柴公子，抱歉，這事怕是談不妥了，今日天色已晚，還請回吧。」

柴武軒大驚，忙躬身作揖道：「今日鎮上之事是小廝自作主張，實屬無心之過，還望夫人見諒。」

齊淮眉頭輕皺，拽著雲宓的手腕將她帶到身側，輕聲問：「發生何事了？」

雲宓扁扁嘴，湊過去在他耳邊低語幾句，齊淮的臉色頓時冷了下來，沈默一瞬後對柴武軒道：「我們家向來由雲娘作主，她既不願，我自不會勉強。三郎，送客吧。」

「好咧。」齊子驍雖不知道發生了什麼情況，但看齊淮的臉色便知不是好事，對柴武軒也沒好臉色，手一伸做了個「請」的姿勢，傲然道：「柴公子，這邊請。」

柴武軒知道今日的事情已無轉圜之地，只能告辭。

待柴武軒離開以後，齊淮上下打量雲宓一番道：「他沒對妳做什麼吧？」

「沒有。」雲宓靠著他坐下，搖了搖頭。「就是讓我感覺自己像是個商品一樣，我以前只值二十兩銀子，現在一下子漲到五十兩銀子了，而且這個人家裡已經有好多姨娘跟侍妾，卻在路上隨便看到個姑娘就想買回家。五十兩銀子啊，他若是看上別家女兒，那家人肯定願意把女兒賣給他，那這女孩子不是要嫁過去受罪了嗎？」她越說越氣。

齊淮一直知道雲宓的想法與眾不同，對她的氣憤之情也很是理解，只嘆口氣道：「若人家真的賣女兒，要麼是太窮，要麼跟妳一樣，有像雲老大夫婦一樣的親人。要是如此，與其被賣給那些會酗酒施暴的男人，不如嫁給柴武軒，起碼後半輩子吃喝不愁，能安穩度日。」

見雲宓皺眉看向他，齊淮忙道：「我知道這話妳聽了心裡不舒服，但世道便是這般，當然了，也有好的父母，就像嬸子，別人就是出一百兩銀子，她也不會把大丫給賣了的。」

雲宓知道齊淮說得有道理，只是覺得很無力，她盯著齊淮道：「等家裡有銀子了，你也會像那個姓柴的一樣娶七、八個侍妾嗎？」

齊淮看著雲宓，並未立刻答話，她便甩開他的手皺著眉道：「你想，是不是？」

齊淮平靜道：「我若說不想，妳信嗎？」

雲宓抿著唇沒說話。

齊淮對她笑了笑，說道：「想與不想都是嘴上說說而已。雲娘，別聽我說什麼，要看我做了什麼。」

雲宓琢磨了一會兒，皺了皺鼻子，然後笑了起來，說：「要真有那麼一天，我就拿著全部的銀子離開，反正家裡的錢都在我這兒，我一個銅板也不會留給你的。」

見雲宓終於笑了，齊淮鬆了口氣道：「都是妳的，沒人跟妳搶，忙了一天，累了吧？」

「累，好累。」雲宓一屁股坐到椅子上。「等蓋完房子，咱們再買輛馬車吧，走路來回太折騰了。」

兩人正小聲說著話時，房門被敲響，齊子驍的腦袋探了進來，說道：「二嫂，那個姓柴的是不是欺負妳？我幫妳報仇了。」

「你做了什麼？」雲宓大驚。「你把人打了？」

「沒有、沒有。」齊子驍嘿嘿笑。「我在他馬車上動了些手腳，走不了多遠他那馬車輪子就得壞。」

「不會出事嗎？」雲宓有些擔心。雖說她挺討厭柴武軒的，但真說起來，他也沒做什麼壞事。

「沒事，傷不著人，最多就是費些工夫重新裝一下車輪子，我有數，妳放心。」

雲宓這才放鬆許多，心想：活該，讓你好色！

「那……妳要做晚飯嗎？」齊子驍期待地看著雲宓。

「做啊，你想吃什麼？」雲宓從炕上跳下來，興沖沖地往齊子驍身邊走。

「妳做什麼我就吃什麼。」齊子驍樂了。中午齊朗亂燉了一鍋飯，吃慣了雲宓料理的他怎麼可能受得了齊朗的手藝，是以中午根本沒吃多少。

「雲娘。」齊淮無奈喊道：「妳不累了？」

「不累了，現在精神百倍。」雲宓笑嘻嘻道。

看著雲宓輕快的步伐，齊淮笑著搖了搖頭。

柴武軒既然能找上門，說明肥皂的事情發酵得差不多了，接下來便是要怎麼賣的問題。

「要交給我？」南文行既驚訝又忐忑。「我可以嗎？」

這段時間肥皂的功用在泗寧縣傳得沸沸揚揚，不過幾天時間狀元樓的肥皂已經送完，肥皂成了搶手貨，所有人都眼巴巴地瞅著，這時候誰手上要是有肥皂，絕對賺大錢。

「怎麼不可以，醃蘿蔔你賣得就很好。」齊淮笑著說道：「其實不需要你做什麼，只要肥皂到了縣裡，不用你去找別人，別人也會來找你。」

「那要怎麼賣？」南文行有些頭疼。「好多商鋪都在等著賣肥皂，價高者得嗎？」

齊淮搖頭道：「不，一般肥皂成本不高，我這裡一塊八文錢賣給你，你可以一塊十文錢賣給商鋪，商鋪從你這裡拿完貨後賣到百姓手裡最好一塊不要超過十二文錢。」

「這麼便宜？」南文行不可置信。「二郎，這肥皂現在可是好多人都想買，怎麼能跟一盤醃蘿蔔賣得差不多呢？」

「沒關係。」齊淮道：「這本來就是給尋常百姓用的，日後說不定還要降價。」

既然齊淮已經作好決定，南文行也不再多說，將齊家的兩千多塊豬胰皂全都運走了。

雲宓算了算，八文錢一塊，兩千塊不過才賺一、二十兩銀子，現在不是能賣多少，而是生產力的問題，賣肥皂是薄利多銷，他們需要一個小型的加工廠才能做出更多肥皂來。

齊淮也知道這個道理，然而現在家裡的人太少，這豬胰皂的配方又實在簡單，若非信任之人，他們實在不敢交託。

兩人為了這件事都有些發愁，不過豬油皂倒是可以雇一些人來做，畢竟配方很嚴苛，即便知道有哪些材料，沒有比例也做不出來。

就在齊淮和雲宓思考下一步該怎麼做時，地契已經蓋好印拿了回來，他們要正式開始蓋房子了。

第十七章　上山採花

蓋房子需要施工圖，雲宓不喜歡村裡這些房子的樣式，齊淮便讓她告知想要什麼樣子的，他來畫。

「你還會設計房子啊？」雲宓很驚訝。

「略學過一些。」齊淮謙遜道。

雲宓一臉崇拜地說：「齊二哥，還有什麼是你不會的？」

「暫時尚未想到。」齊淮道。

聞言，雲宓伸出手指刮了刮自己的臉，調侃他。

「齊二哥，你臉皮變厚了。」

齊淮不以為意地笑了笑道：「近朱者赤，跟妳在一起的時間長了，難免受影響。」

雲宓鼓起了雙頰。這人太小氣了，拐著彎地損她。

兩人趴在桌上小聲嘀咕著，時不時傳出些笑聲，齊子驍正打算進屋，卻被齊朗攔在門外。他皺眉看著兒子道：「你進屋做什麼？」

「找二嫂啊。」齊子驍理所應當道。

齊朗瞪他一眼道：「你二哥跟二嫂單獨在屋內的時候，你少進去。」

「我怎麼了？」齊子驍皺著臉。「我找我二嫂要吃的也不行了？」

齊朗回道：「你除了吃還知道幹什麼？」

「我還能幹活。」齊子驍撇嘴。「爹，我發現您現在對我的態度不如我剛回來時好了，您是不是背著我又有其他兒子了？」

此話一出，齊朗忍不住拿起掃帚把齊子驍趕出了家門。

齊子驍在村裡閒逛，最後晃到了齊老大家門口，王惠蓮正在做飯，屋裡傳出香味來。齊子驍走了進去，喊道：「大伯母，做什麼好吃的呢？」

王惠蓮從灶間裡出來，看到齊子驍，露出一抹假笑道：「原來是三郎啊，怎麼有空過來？」

「喔，我出來閒逛，聞到您家有香味，就順便過來瞧瞧我大伯。大伯您在家嗎？」

「在呢、在呢。」齊老大從屋內出來，看到齊子驍很是驚喜。「三郎來了，今天家裡殺了雞，來，進來一起吃。」

「不方便吧？」齊子驍假意推託。

「當然方便，怎麼不方便呢，進來。」齊老大拽著齊子驍的胳膊把他帶進屋。

王惠蓮轉頭望向正燉著雞的鍋子……得，又多一口人。

齊老大家一共兩個女兒、一個兒子，大女兒嫁作人婦，兒子也娶妻生了一對龍鳳胎大虎和小雀，他們已經八歲了，至於小女兒齊妮今年十五歲，尚未婚配。

既是到人家家裡作客，齊子驍便將隨身攜帶的肉乾分給大虎、小雀還有齊妮一塊兒分享。

「小叔叔，這是什麼？好好吃啊！」小雀驚喜道。

他們一人不過分了兩塊肉乾，嚐過一小口後，幾人都不捨得再吃。

「豬肉乾，我家二嫂用豬肉做的，給我當零嘴，可好吃了。」齊子驍得意道。

幾人盯著齊子驍掛在腰間的小布袋——裡面可是滿滿的豬肉乾啊。雖然豬肉確實不貴，但都是普通人家，誰捨得把豬肉拿出來當零嘴？

「三郎，吃肉。」齊老大挾了塊雞肉放到齊子驍的碗裡。

齊子驍嘿嘿笑了兩聲。「謝謝大伯。」

「三郎啊。」王惠蓮熱情地盛了些雞湯到碗中給齊子驍，打聽道：「聽說顧三娘做的那雞蛋灌餅是雲娘教她的？」

「也不算教吧。」齊子驍一邊啃著雞肉一邊道：「好像是顧嬸子花了十兩銀子從我二嫂那裡買的方子。」

這是齊淮想出來的說辭，顧三娘賣雞蛋灌餅的事村裡的人很快就會知道，若說是免費教的，肯定會惹人眼紅。

「十兩銀子？」王惠蓮瞪大了眼睛。「顧三娘能有那麼多銀子？」

「不知道，可能是給大丫攢的嫁妝吧。」齊子驍道：「我二嫂會的東西可多了，大伯母，您要是想學，也可以拿十兩銀子去找她啊。」

「我哪來那麼多銀子啊。」王惠蓮扁了扁嘴，也不知道那十兩銀子要賣多少雞蛋灌餅才能賺回來。

吃過飯後，齊子驍便準備離開齊老大家，他臨走前對大虎和小雀勾了勾手指頭。

出了門以後，齊子驍在牆外等了一會兒，大虎和小雀便出來了，他們眼睛亮閃閃地看著他，一道問：「小叔叔，你找我們做什麼？」

齊子驍掏出豬肉乾在他們眼前晃了晃，問道：「想不想吃？」

兩人直直盯著齊子驍手裡的豬肉乾，忙不迭地點頭道：「想。」

「那幫我幹活，行不行？」

「行。」兩人再次點頭。

「我也幹。」

旁邊傳來一個怯怯的聲音，齊子驍看過去，是齊妮。「妳……行嗎？」

齊妮畢竟已經十五歲，算是小大人了，他怕她不好使喚，而且姑娘家家的事情尤其多，他嫌麻煩。

「可以的，我不要豬肉乾。三堂哥，能不能給我銅板？我一天只要十個銅板就行。」

「小叔叔，讓小姑姑做吧，她很好的。」大虎拽著齊子驍的衣袖眼巴巴道，小雀也扯著他的衣角拜託。

齊子驍想了想，應道：「行吧，跟我走。」

就這樣，齊子驍準備了四個竹簍，帶著三個人上山，此時野花盛開，齊子驍讓他們在山上採花，有香味的和沒有香味的分開採。

齊妮、大虎和小雀都很有幹勁，他們是在山裡野大的，不過是採點花而已，簡單得很，而齊子驍則找塊草地躺了上去，蹺著二郎腿、叼著狗尾巴草睡起了大頭覺。

臨近傍晚，齊子驍被大虎晃醒了。

「小叔叔，四個竹簍都滿了。」

「滿了嗎？」齊子驍揉了揉惺忪的睡眼從地上坐起來，看了看面前的竹簍，的確滿滿的。

齊子驍很滿意，拿出肉乾讓幾人分了，另外又拿出銅板道：「今天只幹了半天活，一人十個銅板，以後每天給你們二十個銅板。」

說起來，齊老大家的家境並不寬裕，他們什麼時候一次見過這麼多錢是給自己的？幾人都很開心，尤其是齊妮，小心翼翼將銅板收進了貼身的荷包。

下山的路上，齊子驍好奇地問齊妮。「妳為什麼想賺錢？」

齊妮揹著竹簍低頭道：「我想攢些銀子傍身，怕會像雲娘一樣差點被用二十兩銀子賣給薛丁順那種人。」

「薛丁順是誰？」齊子驍問道。

「就是二嬸嬸以前要嫁的人。」大虎嘴快道：「二嬸嬸不願嫁給他，所以跳河自殺，被二叔叔救了上來，最後嫁給了二叔叔。前幾天薛丁順又說要娶小姑姑，小姑姑怕被賣給他。」

齊子驍聽他爹說過雲忞匆忙嫁給齊淮的事情，但內情知道得並不詳盡，此時才明白其中還有這般周折。

「放心吧，有三堂哥在，不會讓妳嫁給那個薛丁順的，妳娘要是真敢賣妳，我就去把妳搶回來。」齊子驍對她保證道。

齊妮苦笑一聲，只當齊子驍是在安慰她，不過她心裡還是很感動。

快到村頭時，齊子驍將幾個人的竹簍都接過來自己拎著，與他們分頭回家。

雲宓看到齊子驍帶回來的花瓣，很開心地說：「三郎，你一個人採了這麼多花瓣嗎？」

她昨天吃飯時跟齊淮商量要採集花瓣的事，誰知還沒展開行動，齊子驍竟然就為她採回來了。

「是啊。」齊子驍甩著胳膊，一臉疲憊道：「只要二嫂想要，我就是累死也會幫妳做的。」

雲宓誇讚道：「三郎辛苦了。」

「一點都不辛苦，二嫂能再給我做些肉乾嗎？」

「當然能，三郎這麼能幹，想吃什麼都行，家裡還有山楂，我給你做山楂罐頭吧。上次我說要做給你二哥吃，回頭就忘了，這次先做給你吃，好不好？」

「謝謝二嫂。」齊子驍咧嘴笑。

一旁的齊淮表情頓時有些微妙。

雲宓讓齊子驍幫忙將山楂去籽，然後她熬了糖，做出幾碗山楂罐頭。

齊子驍迫不及待用勺子盛了一顆放進嘴裡，結果燙得直呼氣。

「涼了才好吃，熱了口感不好，放到明天會更好吃。」雲宓道。

「好、好，那我等涼了再吃。」齊子驍眼巴巴地趴在桌邊，讓雲宓有種錯覺，彷彿看到了蠢笨的二哈。

為了雲恋那句「涼了才好吃」，齊子驍居然等到罐頭徹底放涼後，才小心翼翼盛了一顆放到嘴裡，吃完後便不再吃第二顆，而是寶貝地把幾個碗都放到了高處。既然明天更好吃，那他就先忍一忍吧。

雲恋看著他一連串的動作，深深覺得吃貨的世界常人無法理解。

晚飯時，雲恋做了蛋炒飯、魚湯和紅燒茄子，一家人邊吃飯邊商量房子要怎麼蓋。

「明天我去鎮上找工匠，幫工就從村裡找。」齊朗道：「二郎，你看一天給多少工錢合適？」

「這個時間各家都開始翻地種莊稼，並不清閒，平日做工基本一天一百文錢，咱們就一天給一百二十文錢，還管一頓午膳。」齊淮道：「只不過這麼多人要吃飯，不能讓雲娘一個人做，再找村裡幾個嬸子一起來幫忙吧，一天給她們六十文錢。」

「行。」齊朗應下。

「我自己要有一間房，不跟爹一起住，他會打呼，影響我睡覺。」齊子驍嘴裡塞了一大口飯含糊道。

當著雲恋的面，齊朗有些尷尬，他瞪了齊子驍一眼道：「你當我樂意跟你一起睡？」

齊子驍嘿嘿笑了幾聲。

吃過晚飯，齊朗燒了水，照例是雲宓先洗澡，雲宓洗澡時，齊朗便帶著齊子驍出門去石匠那裡訂做兩個大石臼。齊朗自己做的那個還是太小，石臼要是大一些，一次就能砸更多豬胰子。

雲宓洗完澡後齊朗和齊子驍還未回來，她便搬了凳子站在上面去端高處盛放著山楂的碗。

「妳做什麼？」

齊淮從屋外進來正好看到這一幕，嚇了一跳，忙去扶她。

雲宓笑著看向他說：「我端一碗讓你藏起來，否則明天怕是會被三郎全吃了。」

齊淮哭笑不得，朝她伸出手道：「先下來。」

雲宓握住齊淮的手扶著，小心地從凳子上下來，然後笑咪咪將碗端回了自己屋內。

齊淮跟在身後故意道：「不是說不給我吃，只給三郎吃嗎？」

雲宓詫異地回頭看著他道：「我什麼時候這麼說過？」

「沒有嗎？」齊淮挑眉。「可我聽到的就是這個意思。」

雲宓不知道齊淮是真生氣還是假生氣，盯著他看了一會兒，才笑了起來，說：「對啊，就是只給三郎吃的。」

瞧她如此，齊淮不禁失笑，小丫頭古靈精怪的。

齊朗回來後拎了水倒入浴桶，雲忞又趁他們不注意時將白瓷瓶內的水倒了進去，用量比之前要多一些，估計這次齊淮又要有幾天沒力氣了。

翌日一早，齊淮果然又跟上次一樣，渾身無力起不了炕，但這回雲忞和齊朗鎮定許多，甚至隱隱還有些期待。

最近這段時間，齊淮除了身體弱一些以外不怎麼咳嗽了，去了一趟縣城回來也沒什麼狀況，不知道這次會有什麼效果。

然而齊子驍是第一次見到齊淮這樣子，嚇慘了，急道：「二哥，你怎麼了?!」

齊朗告訴他齊淮沒事，但齊子驍不信，在那裡抽抽噎噎的不肯走，最後齊淮煩了，把他攆了出去。

不僅如此，齊朗也嫌齊子驍事多，去鎮上找蓋房子的工匠時也沒帶他，最後齊子驍抱著一碗山楂坐在院中，邊吃邊用腳踩攪拌器幹活，嘴裡還喊著。「二哥，你有事就叫我，我人在門外！」

齊淮躺在炕上翻了個身，完全沒搭理他。

雲忞小聲道：「有點兒煩人是不是？」

齊淮「嗯」了一聲。

雲宓靠在椅子上笑了好半天，接著端碗餵了齊淮一顆山楂，問道：「好不好吃？」

山楂原本很酸，但被糖水醃漬後酸酸甜甜的很是好吃，齊淮一口氣吃了大半碗，雲宓見他愛吃，又道：「等我閒了再做給你吃。」

「給我還是三郎？」齊淮逗她。

雲宓用眼角瞥了他一下，隨即笑著轉身出了屋子。

齊子驍看到她，忙問道：「二嫂，我二哥沒事吧？」

「沒事，過幾天就好了。」雲宓敷衍他。她想到一句話，「七、八歲的孩子狗都嫌」，這齊子驍十六歲，是翻了倍的煩人。

「唉。」齊子驍端著吃得精光的空碗嘆了口氣。「我擔心到吃東西都不香了。」

雲宓頓時無語。這叫吃得不香？那要是吃得香，怕不是要把碗也給吃了吧？

「二嫂，要不我再來一碗吧。」齊子驍道：「我要是吃不飽，也不能幹活，不幹活就不能養二哥了。」

雲宓頭頂飄過一片烏雲。這話……說得可真是太對了，呵呵。

齊朗搭著牛車去鎮上，走到半路，恰好碰到要去賣吃食的顧三娘和大丫，兩人正拖著板車吃力地走著。

牛車上的村裡人跟她打招呼。

「三娘，去鎮上賣吃食啊？」

顧三娘應著。「是啊。」

「這一天賣了不少錢吧？我看那攤子上好多人呢。」那人又問。

「還行。」顧三娘含糊道。

牛車很快遠去，過了一會兒，齊朗從車上跳下來，趕牛車的人問道：「你不坐了？」

只見齊朗悶不吭聲地站在路旁，趕車的人沒再追問，反正齊朗已經付過車錢，少一個人坐他還省些力氣呢。

顧三娘一直低頭走路，直到差點兒撞到路中間的人才猛然抬頭，看到是齊朗，她愣了一下道：「你……怎麼從牛車上下來了？」

齊朗沒說話，接過板車悶不吭聲地拖著走了起來。

顧三娘幾次拒絕，但齊朗既不鬆手也不答腔，最後她便只能跟在一旁幫忙推。只不過齊朗力氣大、走得快，根本不需要人幫忙，顧三娘跟大丫得小跑才能跟上他的步伐。

「我聽說你們要蓋房子了，是不是還要管飯？」顧三娘問道。

「嗯，打算找村裡幾個婦子幫雲娘做飯。」齊朗悶聲道。

「那到時候我就不出攤了，去幫雲娘做飯吧。」

「不用，妳忙妳的。」

知道齊朗不會同意，顧三娘沒再多說，但她已經打定主意要幫雲宓。雖然雲娘看著聰明伶俐，但據顧三娘觀察，她對家裡很多活計十分生疏，有些東西甚至不如大丫會做，蓋房子來來往往那麼多人，二郎病著幫不上忙，三郎又是個心大的，雲宓一個人肯定忙不過來。

到了鎮上，齊朗幫忙將攤子支好，這才打算去找工匠，剛走幾步，顧三娘就喊住他。

「你衣裳裂了個口子。」

齊朗抬起胳膊瞅了瞅——可不是嘛，手肘那裡破了一塊。

「沒事，回家補補就行。」齊朗道。

顧三娘想了想，說道：「你脫了吧，我幫你縫兩針，雲娘不會做針線活，你穿回去她也不會縫，給我吧。」

齊朗稍稍猶豫了一瞬，最終還是把衣裳脫下遞給顧三娘。顧三娘隨身帶著針線，便坐到一旁的椅子上縫補起來。

雞蛋灌餅跟涼皮已經賣出了口碑，攤子剛擺好，前面便圍了不少人。大丫開始做雞蛋灌餅，顧三娘暫時抽不出手來，齊朗便幫忙拌涼皮，畢竟他在家看雲宓做過幾次，大約記得裡面放了些什麼東西，雖然笨拙了點，但經大丫一指點，也挺有樣子的。

顧三娘手巧，很快將衣裳縫補好了，齊朗接過衣裳穿上便一言不發地走了。

齊朗來到工匠那裡，因為提前知會過，所以很順利地約好了施工時間。

「你現在蓋房子也是趕巧了，去白石鎮那邊的工匠都回來了，正好可以去你那邊幫忙。」說話的是工匠的領頭人，叫范其。

「白石鎮？我前段時間聽說白石鎮的白老爺家裡要蓋房子，是他家嗎？這麼快就蓋好了？」齊朗好奇道。

「這才蓋了不到一個月，哪能那麼快蓋好呢。」范其跟齊朗算認識，他湊近對方小聲道：「白石鎮那邊的山頭上來了一群山匪，搶了白老爺家，他哪還有錢蓋房子？」

「山匪？」齊朗皺了下眉。

「對，不知哪來的山匪，說是晚上進了家，把白老爺扒光綁在門口的大樹上，被好多人看到了，白老爺覺得丟人，已經病倒了。」范其犯愁。「這還拖欠我們十幾兩銀子的工錢呢。」

兩人又閒聊幾句把事情定下來，簽好契約書，齊朗付了訂金，這才離開。

這年頭山匪跟水匪都很常見，齊朗聽過以後還是上了心。白石鎮離他們這裡並不遠，往後還是要小心一些，不能讓雲娘單獨外出了。

從范其家裡出來，恰逢集市，齊朗去轉了一圈，買了雞、鴨、肉、蛋之類的食材，本來想買些羊肉，但肉攤上的羊肉已經沒了，倒是旁邊有賣母羊的。如今齊朗手頭還算寬鬆，便乾脆買下那隻母羊，連帶著剛生的兩隻小羊也出錢帶走了。

第十八章　另闢蹊徑

齊朗牽著幾隻羊回到家，齊子驍看到後，興沖沖去找雲宓，問她。「二嫂，這羊肉怎麼吃才好吃？」

雲宓見到羊也很驚喜，本想給齊淮做些羊肉湯補一下身體，但那竟是隻剛剛生了小羊仔的母羊，還有奶水呢。

「羊奶很好喝。」她興奮道。

「啊？」齊子驍一臉嫌棄。「羊奶才不好喝呢，一股腥羶味，我不要喝。」

「我做的保證好喝，相信我。」雲宓哄著他去擠羊奶。

齊子驍到了母羊身邊與牠面對面良久，最後扭扭捏捏地回來道：「二嫂啊，不合適吧……」

雲宓瞪著他說：「你到底還要不要吃好吃的？」

「要。」齊子驍飛快跑到母羊身邊，被母羊踢了兩腳後，他擠了半盆羊奶灰頭土臉地回來了，將盆子往雲宓面前一放。「給妳。」

雲宓瞧他這副模樣，忍不住笑出聲，齊子驍哼了兩聲後就走出家門找大虎、小雀還有齊妮去山上採花了。

羊奶先過濾幾次，煮奶時加入少量的醋和靈泉水祛除腥味，煮出來的羊奶香醇濃厚，有一層很厚的奶皮。

雲宓嚐了一口，覺得還挺好喝的，沒什麼腥羶味，估計是靈泉水的效用。

她將羊奶端給齊淮，齊淮喝了一口後微微皺了下眉。

雲宓問他。「是不是有些接受不了這個味道？」對於從不喝純奶的人來說，第一次喝很可能不太喜歡。

齊淮輕輕點了下頭。

雲宓觀察了他的神情一會兒，又問道：「那會噁心想吐嗎？」

「那倒不會。」齊淮搖搖頭。「沒什麼別的感覺，就是覺得喝不太習慣。」

「喔。」雲宓頷首。「那沒事，以後你每天晚上都要喝一碗，不喜歡喝也得喝。」

齊淮不知從何說起，一時無語。

「喝啊。」雲宓催促。

齊淮無奈端起碗將裡面的羊奶喝了個乾乾淨淨，雲宓也端起一碗羊奶喝了。

雲宓將羊奶端給齊朗，齊朗喝了一口後擺手說喝不了這個味道，她眼尖地看到他衣袖上平整的針腳，不由得好奇道：「爹，誰幫您補衣裳的？」

齊朗抬起胳膊看了看，回道：「早上去鎮上，碰到了隔壁顧三娘，她看到我衣裳破了，便幫我補了兩針。」

「喔。」雲宓想了想。「那您沒幫嬸子推板車嗎？」

「推了。」齊朗悶聲道。

雲宓點頭。「那就好，得虧嬸子幫您縫了，給我我也不會縫，還是要去找嬸子。」

齊朗心想，不會針線就不會針線吧，雲娘會的已經夠多了，也不差針線活，只是家裡沒個會針線活的人不行，衣裳多少需要縫縫補補的。

想了一會兒，齊朗決定等齊子驍回來就讓他去學怎麼做針線活，複雜的就算了，縫補衣裳以後就交給他。

此時躺在山坡上嚼著肉乾的齊子驍打了個噴嚏。完了，肯定是二嫂要他回去喝羊奶，他今天一定要晚點回去！

南文行帶的兩千塊肥皂被一搶而空，許多晚些獲得消息的商鋪都沒能買到。

肥皂在泗寧縣徹底紅了起來，每個人都以手裡有塊肥皂為榮，不少得了肥皂的商鋪還故意抬高價格，南文行都默默記在心裡，下一次不打算再賣給這些人。他已經說得很明白了，肥皂的價格不能高，他們既然不聽，那也就沒有再合作下去的意義了。

盛子坤這裡南文行替他留了一百塊讓他送人，不料盛子坤急道：「你得讓雲掌櫃夫婦倆抓緊做，好多人等著買肥皂，賺錢的事怎麼如此不上心？」

「我再回去問問，他們家正在蓋房子，很忙。」南文行道。他也著急，但齊淮和雲娘似乎都不急，所以他急也沒用，做好他該做的就行了。

在縣裡的雜貨鋪子做賬房的吳峰也輾轉得到一塊肥皂，他將肥皂帶回了家。

雲鳳看到肥皂先是有些驚喜，後又皺眉道：「聽說這肥皂是里正家老二帶來賣的？」

「是。」吳峰點頭。「我還在狀元樓門口瞅見過他呢。」

「他什麼時候這麼厲害，還會做肥皂了？」雲鳳想了一會兒，又道：「我聽我娘說他一直在幫雲宓那個死丫頭賣醃蘿蔔，你說這肥皂不會也是雲宓讓他賣的吧？」

雲鳳這麼一說，兩口子互相對視一眼，拿著肥皂便回了南雲村。

女兒跟女婿突然回家，呂桂蘭還有些意外地問道：「這不年不節的，你們回來幹麼？」

吳峰把肥皂的事情一說，呂桂蘭一拍大腿道：「肯定就是雲宓做的，這南文行總往齊家跑，我找那個賤蹄子去！」

呂桂蘭站起身就要往外走，被雲鳳一把拽住。「娘，您別急。」

「我怎麼不急？」呂桂蘭瞪眼。「吃我的、喝我的，在家裡時什麼都不會，嫁出去倒是能了。我說齊獵戶家怎麼有銀子買地蓋房，原來是有這賺錢的東西呢，看我不打死她！」

「娘，您先別急，聽我說。」吳峰拿過肥皂在水裡洗了洗。「您看，這肥皂裡有草木灰，我找人看了，一定還有其他材料，但暫時看不出是什麼，只要找到配方，咱們也能做出肥皂來。」

「真的嗎？」呂桂蘭眼前一亮。「那我更得去找她了，讓她把方子交出來。」

「她不會說的。」吳峰搖頭。「咱們要自己查出來，做這個一定要買材料，只要知道他們買了什麼就行。」

「買了什麼？」呂桂蘭擰眉。「他們家買的都是些菜啊肉啊之類的，好像還買了幾隻羊，不過倒是往雲屠戶家跑得挺勤，每次去都拎一大包肉。」

「一大包肉？買那麼多他們家能吃完？」吳峰疑惑。「這天越來越熱了，那麼多肉吃不完會放壞的吧？」

雲老大的大兒子蹲在一旁，嘀咕了一句。「難不成這肥皂是豬肉做的？」

「你個傻子！」呂桂蘭往自己兒子的腦袋上拍了一巴掌。「豬肉怎麼可能做成肥皂?!」

吳峰若有所思地看著手裡的肥皂——這肥皂用起來確實有些黏膩膩的，但洗完手後又很清爽，難不成真跟豬肉有關？

「說不定是豬胰子？」雲老大突然站起來。「我昨天去趕集，聽到雲屠戶跟鎮上殺豬的林老二說要去他家拿豬胰子，這豬胰子又不好吃，雲屠戶自己殺豬都會扔掉，為什麼要去買別人的?!」

吳峰忙道：「爹，您去買點豬胰子回來，咱們試做看看！」

雲老大忙出門去了雲才那裡，雲才聽聞雲老大要買豬胰子，有些戒備地問道：「你買豬胰子做什麼？又不好吃。」

「不做什麼，煉豬油炸東西吃。」雲老大隨便找了個藉口。

雲才狐疑地看了他一眼，然後搖頭道：「沒有豬胰子了，買點肥肉吧，又不貴，豬胰子煉油不好吃。」

被拒絕後，雲老大在雲才院裡看了一圈，確實沒看到豬胰子，便去了鄰村，但雲才的態度讓他有些疑惑，越來越覺得齊朗家的肥皂跟豬胰子有關。

另一邊，雲才覺得此事不對勁，除了齊朗家以外，還沒有別人來找過豬胰子呢。

想到這裡，雲才忙去了齊朗家，齊朗正在新房的興建處幹活，雲宓也在那邊，家裡只有齊淮一個人躺在炕上看書，手邊還放著一盤白白嫩嫩、像豆腐一樣的東西。

雲才將雲老大去他家要買豬胰子的事情說了說，齊淮揚眉，心想雲老大家竟然還有這麼聰明的人，以前倒是小瞧了。

「雲叔，這件事我知道了，謝謝您。」

「舉手之勞而已。」雲才擺了擺手。他這幾日去鎮上，對縣裡賣肥皂的事也略有耳聞，以前他一直好奇齊朗家買豬胰子要做什麼，現在倒是琢磨出點味道了。

「二郎啊，你得上點心，可別讓人把方子偷走了。」

「謝謝雲叔，我記下了。」

雲才又忍不住道：「你這吃的是什麼？又是雲娘做的？」

「對，雲叔嚐嚐？」齊淮端起盤子遞到雲屠戶面前，道：「這是用羊奶做的，雲娘說叫羊奶奶酪。」

「羊奶奶酪？」雲才覺得這個名字很彆扭，但還是伸手小心捏了一塊放進嘴裡。

這羊奶奶酪入口即化，帶著濃郁的奶香，卻一點兒都不腥，還甜滋滋的。

雲才忍不住感慨道：「這雲娘到底會做多少好東西啊？」

齊淮笑了笑，沒說話。

雲老大跑了三個村才買到一點兒豬胰子，回家後幾人看著豬胰子發愣，不知該怎麼做。

吳峰將手上的肥皂割下一小塊碾碎，思索了一會兒後說道：「爹、娘，你們還發現他家有什麼異常嗎？」

「齊朗前兩天去石匠那裡訂了兩個大石臼。」雲老大道。

「他家院裡有好幾個很大的木槌。」呂桂蘭道。

吳峰睇了睇眼道：「去他家的人多嗎？」

呂桂蘭道：「就是醃蘿蔔的時候人多一些，因為就在院子裡醃，一眼就能看到，至於肥皂，倒是沒見著什麼人去做。」

「一家人就能做成的東西……」吳峰小聲嘀咕著。「應該不會很難。」

眾人都看著吳峰，雲鳳忍不住用胳膊撞了他一下問道：「想明白了嗎？」

吳峰皺眉說：「我想到一個法子，但似乎太過輕鬆了。」

「什麼法子，說來聽聽。」雲鳳催促他。

吳峰猶豫了一下子，還是說道：「把這豬胰子搗碎，跟草木灰拌在一起。」

雲老大的大兒子聞言道：「這就能做出肥皂了？太簡單了吧，不可能。」

呂桂蘭也覺得沒這麼單純，但還是道：「管他呢，先做做看，反正這豬胰子又不貴。」

吳峰將豬胰子用菜刀剁成肉末狀，然後與黑乎乎的草木灰攪拌在一起，揉成團。

「看著挺像的。」呂桂蘭馬上拿著試作品去盆子裡洗手，卻見水上漂起一層油花。

「這不行啊。」雲老大皺眉看向吳峰。「是不是方子不對？豬胰子這麼油，怎麼可能做肥皂呢？」

吳峰搖頭道：「我覺得靠譜，咱們這個還沒乾，等曬乾了再說，不過這豬胰子處理的方式怕是不對，不如用木槌砸黏稠些試試。」

一家人又按照吳峰說的用木槌用力捶打豬胰子，然後又將其與草木灰攪拌在一起。這次做出來的成品細膩了很多，看著倒是有模有樣的。

「等風乾之後再說。」吳峰盯著這黑乎乎的東西，內心有種奇異的感覺。他覺得自己沒錯，齊朗家的肥皂一定就是這樣做出來的。

因為齊朗家正在蓋新房子，顧三娘便不出攤了，跟大丫還有邱雪幫忙做飯，沒讓雲宓插手，雲宓便在家跟齊子驍一起做肥皂。

齊子驍這幾天摘回來很多花瓣，有些蔫了的，雲宓便將其調成汁液倒入皂液中做成不同顏色的肥皂，有些則整朵放進皂液中讓其成型。她甚至將羊奶跟蜂蜜放入其中，做了一批奶白色的肥皂。

自從齊子驍吃了雲宓做的羊奶奶酪後，每天都屁顛屁顛地去擠羊奶，見雲宓竟然用羊奶做肥皂，大呼浪費。

南文行從泗寧縣回來後來到齊朗家，一進門便瞧見造型各異、顏色不同，還散發著香味的不知名物品，不禁好奇道：「這是什麼？」

「肥皂。」齊子驍端著碗邊吃羊奶奶酪邊回道。

南文行張大了嘴巴，震驚得無以復加道：「這是……肥皂？怎麼可能？這怎麼可能是肥皂？」黑乎乎的肥皂尚且被那麼多人追捧，這種肥皂要是拿出去賣……

他有些不敢往下想了，進到屋內，不敢置信地又問了齊淮一遍。「二郎，那真是肥皂？」

齊淮過了渾身無力的那個勁後能起身了，靠坐在被褥上笑著點頭道：「確實。」

南文行呆立在原地，半天說不出話來。

過了好一會兒，南文行才想到自己的來意，說道：「縣裡好多人都在找肥皂，你看看能不能多做一些，好賣得很呢。」

齊淮沈吟片刻，看向南文行說：「你可熟悉縣裡的茶樓？」

南文行搖搖頭道：「我在縣裡就認識盛掌櫃一個有錢人，至於茶樓嘛……對了，盛掌櫃的妹妹倒是開了家茶樓。」

雲宓正好端著一杯羊乳茶進門，聞言好奇道：「盛掌櫃的妹妹？」

她將羊乳茶遞給南文行，南文行接過來喝了一口——微甜，帶著些奶味，混雜著茶香，非常好喝。

相較於齊朗等人不太適應羊奶的氣味，南文行卻非常喜歡，他一連喝了幾大口，連連誇讚雲宓。「雲娘，妳太厲害了。」

喝過羊乳茶後，回歸正題，南文行又道：「狀元樓對面的『知之茶舍』就是盛掌櫃的妹妹盛心月開的，聽聞他這妹子美豔動人，求親者不計其數，但她一直看不上那些男子，所以到了十八歲還沒嫁人。」

雲宓聞言，不禁對這女子產生了些好奇。

「好，我知道了。」齊淮點頭，讓雲宓將另外做的兩千塊豬胰皂交給南文行。

南文行看著眼前的豬胰皂，皺了下眉道：「這跟之前的好像不太一樣。」

雲宓道：「對，配方改了一下。」

之前都是用草木灰，但草木灰要不斷燒製，很浪費時間，雲宓便乾脆讓齊朗買了火鹼來用，雖然成本高了一些，但是省了不少工夫。

南文行離開後，齊淮對雲宓道：「有件事一直沒來得及同妳說，我估計妳大伯母那裡可能猜出了豬胰皂的配方。」

「什麼？」雲宓驚訝道：「怎麼可能？」

齊淮將雲屠戶來的事情告知雲宓，雲宓皺眉道：「他們倒是聰明得很呢。」

「現在大家都對肥皂非常有興趣，若他們家真的做出這豬胰皂，肯定能大賺一筆。」齊淮道。

「不要。」雲宓想也不想地回道：「憑什麼？」

若是旁人猜出了豬胰皂的配方，雲宓不只不會生氣，反而會讚嘆一聲「古人真有智慧」，但雲老大家就是不行。他們當初逼死了雲宓這副身體的原主，她怎麼可能讓他們透過自己而發家致富？只怕原主在陰間都會怨氣沖天！

「齊二哥，咱們乾脆別賺這個錢了，直接公開肥皂方子，本來窮人家就買不太起肥皂，配方又這麼簡單，我賺這個錢賺得也不安心，就當造福百姓了，好不好？」

齊淮沒想到雲宓竟然能說出這一番話來，思索片刻後道：「倒也不是不行，咱們手裡的豬油皂成本比較高，賣價自然也高，窮苦人家一定買不起，到時候公開豬胰皂的配方，不願意做的可以低價去買，買不起的也可以自己做。雲娘，我支持妳。」

「行，那要告訴南叔，由他出面嗎？」雲宓問道。

齊淮搖頭。「這件事不能交給里正，要由縣令出面，這對縣令而言是政績，咱們也可以賣他一個好。當然，這事也不是說做就做，雲老大家既然想賺錢，當然要成全他們。」

雲宓聞言眼睛一亮，走到齊淮身旁道：「齊二哥，你想做什麼？是不是有辦法對付他們？」

齊淮對雲宓招了招手，雲宓將耳朵湊過去，聽齊淮在她耳邊低語幾句後，她便笑了起來，不由得誇讚道：「你真的挺聰明的，但也挺……」

「挺什麼？」齊淮挑眉。

雲宓看著他，心想：挺損的。

之前齊淮身體不好的時候，說起話來輕聲細語，雲宓總覺得他是個肩不能扛、手不能提的文弱書生，但慢慢相處下來，她對齊淮的感覺卻越來越不一樣，這個人身上有好多亮點，挺吸引人的。

「家裡還有多少銀子？」齊淮問道。

「不到一百兩，蓋完房子後就剩不了多少了。怎麼，你要用銀子？」

「我們應該在縣裡租個店面，是時候打出『雲記』的名號了。」齊淮皺眉。「咱們現在不只缺銀子，也缺人手。」

想到這裡，齊淮看向雲宓，試探性地說道：「三郎頗為聰明伶俐，很多事情可以交給他，只可惜他的腿壞了……」

提起齊子驍的腿，雲宓小心地瞥了齊淮一眼，也帶著些試探地說道：「其實……我真的聽說過把腿打斷了可以重新接骨的……」

「怎麼接？」齊淮倏地攥住了雲宓的手腕。

雲宓抬眼看他道：「你信啊？」

齊淮目光灼灼地看著她說：「只要是妳說的，我都信。」

雲宓不禁有些猶疑。

齊淮雙手扳住雲宓的肩膀，溫聲道：「雲娘，自從咱們成親以來，我可曾質疑妳、不尊重妳？」

「沒有。」雲宓搖搖頭，然後嘆了口氣。「其實我也是聽那個老爺爺……就之前跟你說過的那個老爺爺，他提過那麼幾句。」

第十九章　仗勢欺人

齊淮對於這套「老爺爺」的說辭已經習慣了，只要雲忞做出什麼無法解釋的事情，這個老爺爺一定會出場。

「是，我知道，他說過什麼？」齊淮柔聲哄著。

「就是要醫術比較好的人，朝他當初的斷骨處打下去，然後再將之前長歪了的骨頭對齊，讓它重新癒合。」雲忞看著他，小聲道：「我之前沒跟三郎開玩笑，但三郎很是害怕，而且若是拿捏不準，後果會如何，我也不太清楚。」

雲忞之所以敢說這個，無非就是因為有靈泉水在手，如果打下去的位置正確，她可以保證讓齊子驍的骨頭重新長好，但若是一個下手不注意，打錯了地方怎麼辦？

不過，既然有靈泉水，即便打錯了地方也可以等骨頭長好再重新來過，就是三郎怕是得受幾次罪……可即便如此，他的腿還是可以復原的，這麼一想，受點苦又算得了什麼？

「對，我覺得可以！」雲忞忽然興奮地握住齊淮的手。「要是打錯了地方，大不了重新再來一次，對不對？」

齊淮一時不知道該怎麼回答。

此時齊子驍剛好站在窗外，聽到這些話，若有所思地看著自己的腿。二嫂說的是真的嗎？她真能治好他的腿？

「老齊家有人嗎？」門外傳來一女人的喊聲。

雲宓要出去查看情況，一打開門就看到齊子驍站在院中，心想這個小屁孩不知道怎麼了，一臉幽怨。

「誰啊？」雲宓看到這女人，覺得有些面熟，想了半天，才憶起這不是去顧三娘家說親的那個媒婆嗎？

「妳來幹麼？」雲宓對她印象不好，所以說起話來也不客氣。

「大好的事，有姑娘看上你們家三郎了。」戚大嫂一臉喜氣地走了進來。「雲娘別動氣，我這次給你們說的可是門好親事。」

不等雲宓回話，戚大嫂便自顧自道：「這姑娘今年十六歲，幹活可是一把好手，娶她過來的話，能給妳幫不少忙。」

雲宓看向站在一旁的齊子驍，只見他面無表情，一臉冷峻，跟以往嘻嘻哈哈的小屁孩形象一點兒都沾不上邊。

想到那日顧三娘的事，雲宓耐著性子問道：「還有呢？那姑娘不會有什麼隱疾吧？」

「妳這話說的……」戚大嫂乾笑幾聲，但接觸到雲宓冷冷的眼神後，還是道：「那姑娘長得挺水靈的，就是腦子不太靈光……不過你們家三郎有腿疾，能娶得上媳婦兒就不錯了，可不能挑三揀四，這姑娘屁股大，一看就好生養。」

雲宓深深吸了一口氣，隨手抄起一旁的掃帚就往戚大嫂身上打，邊打邊喊：「給我滾！要是妳以後再敢出現在我面前，我就打死妳！我們三郎就是要挑三揀四，要娶最漂亮、最聰明的姑娘，還輪得到妳說三道四了?!給我滾！」

戚大嫂被雲宓給打出了家門，雲宓氣得雙手插腰、胸口不斷起伏。氣死她了，把她一個只會裝哭的淑女硬生生逼成了一個潑婦，這個媒婆太可惡了……

雲宓好不容易平復了心情，打算安撫一下齊子驍，可一轉身，一根胳膊粗的木棍就朝她遞了過來，卻見齊子驍平靜地看著她，將自己的壞腿往她面前一伸道：「二嫂，妳把我腿打斷吧，我不怕疼。」

雲宓看著面前那根可以打死人的棍子，心想：倒也不必如此……

既然齊子驍自己願意，雲宓便打算盡快進行，不然時間拖得越長，怕是越不好辦。

雖然雲宓嘴上說打錯了地方可以重新來過，但她自然不希望齊子驍受那麼多罪，所以準備工作還是不能省。當務之急便是要做麻沸散，據說這是華佗發明的麻醉藥，這樣能減輕齊子驍的痛楚。

雲宓側面打聽過，這個朝代沒有麻沸散，但靈泉水上給出了配方，她便打算試一下，若是能真的做出來，那就再好不過了。

聽著雲宓口述，齊淮寫下了方子讓齊朗去買。

一個方子分成幾份，有要去村裡郎中那裡買的，有要去鎮上醫館裡買的，還有幾味藥材是要去縣裡買的。

麻沸散可以做，但找一個可靠的大夫卻不是件容易的事，總不能真拿棍子直接敲斷他的腿吧？

「要不要去找縣裡的大夫？」齊朗問。

「人家信不信還好說，可這件事要是傳揚出去，怕是會招惹麻煩。」齊淮皺眉。

「要不然就直接打吧。」齊子驍破罐子破摔。「二嫂，妳來，用棍子隨便敲，敲斷哪兒算哪兒。」

雲宓躲到齊淮身後，露出顆小腦袋道：「我可不敢。」

「爹，那您來。」齊子驍又看向齊朗。

齊朗下意識地後退了一步，滿臉寫著拒絕。

眼看沒人敢接手，齊子驍忍不住皺眉道：「你們……」

「我來。」

三人同時看向開口的齊淮，不約而同道：「你？」

「對，我來。」齊淮的表情很淡定。「我現在還有些無力，等我身體恢復以後，就讓我來。」

「你……行嗎？」雲宓有些擔心。齊淮走路都要人扶著，能打斷人的骨頭？她不信。

「我二哥以前可是想捏斷誰的骨頭就捏斷誰的骨頭，說捏哪兒就捏哪兒，絕不會有錯漏。」齊子驍得意洋洋道。

「真的嗎？」雲宓懷疑地上下打量齊淮一番。「你以前這麼厲害？」

「他瞎說的，別理他。」齊淮在雲宓頭上揉了揉。「等縣裡的藥材買回來，就能做麻沸散了嗎？」

「嗯，應該會成功。」雲宓看了他一眼。齊淮一定有小秘密，但他既然不想說，她也不會探究。誰沒有秘密呢？比如她就是從另一個世界來的，說出來準嚇死別人。

雲宓不只要做麻沸散，還要積攢靈泉水。她找了個大瓷瓶，將隨身白瓷瓶裡的靈泉水都倒入其中，等白瓷瓶內的水漲滿再繼續往大瓷瓶裡面倒，到時候全用在齊子驍的腿上。

現在，就等齊淮身體恢復了。

這天齊子驍心事重重的，不似往日那般活潑，做肥皂時動不動就走神，齊淮見狀，對他道：「你去縣裡買藥材吧，順便幫我做點事。」

「什麼事？」齊子驍問。

齊淮對他小聲說了幾句，齊子驍便點頭道：「放心吧，二哥。」

雲宓就在一旁聽著，見齊子驍走出去後，便問道：「他還是個孩子，行嗎？」

「沒有比三郎更穩妥的了。」齊淮道。

「啊？」雲宓皺眉。「你別騙我，我很聰明的。」

齊淮笑了起來，說道：「妳平常不也挺愛跟他胡鬧嘛，但做起正經事來也很穩妥啊。」

「誰胡鬧了？」雲宓撇嘴。「我才沒有。」

見齊淮笑而不語，雲宓不禁湊近他道：「齊二哥，你最近覺得怎麼樣啊，我好長時間沒聽到你咳嗽了，身體是不是好了很多？」

「嗯。」齊淮點頭，看著自己的手。「我覺得比以前多了很多力氣。」

「真的嗎？」雲宓捏了一下他的手指，只覺得男子指骨有些粗，與女子的手很不一樣。

雲宓抬頭看了齊淮一眼，齊淮垂眸，手掌伸開攥住雲宓的手用力握了一下，然後問她。

「疼嗎？」

「不疼。」雲宓搖搖頭。「但我感覺到你真的變得有力氣，比以前好多了。」

「謝謝妳，雲娘。」

齊淮雖然不知道自己的身體到底是因為什麼好了起來，但那絕不是藥浴的效果——準確來說，不是藥材的作用，而是有其他的原因。

他心中有些想法，但雲宓不想說，他也不會問。

雲宓看著他，突然道：「齊二哥，我想看看你以前的樣子，我一定會讓你變回以前的你。」

以前的自己？齊淮有些恍惚。

經歷生死大關以後，他已經看淡了很多事情，那個躊躇滿志、馳騁沙場的少年將軍，彷彿已是活在上輩子的人。

雲宓見他神色有異，關切道：「你怎麼了？」

齊淮搖頭，露出一抹笑來，回道：「沒事，放心吧，我會好起來的。」

每次齊淮對著她笑，雲宓都覺得內心特別平靜，好似這抹笑會包容她的一切，也會安撫她從另一個世界來到這裡以後的徬徨無措。

雲宓在齊淮身邊坐下，挨著他的胳膊，不發一語。

沒什麼要說的，也沒什麼要做的，她就是想待在他身邊而已。

雲老大家這邊，風乾以後的豬胰皂與齊朗家做的豬胰皂模樣差不多，雖然貌似不如他們的潤澤，但同樣可以洗手、洗臉，他們一家全都興奮不已。

呂桂蘭熱切地看著吳峰說：「咱們是不是也可以把肥皂賣到縣裡去了？」

吳峰輕輕搖頭道：「不能著急，容我想想。」

「想什麼？現在縣裡那麼多人想買呢！」雲鳳拍了吳峰一下。「還有什麼好顧慮的？」

「不是顧慮。」吳峰解釋道：「而是縣裡現在都知道是南文行在賣肥皂，南文行跟狀元樓的掌櫃有些交情，咱們的肥皂一旦出現，很可能會惹來一些不必要的麻煩。」

吳峰為人謹慎，若只是齊朗家，他倒是沒什麼顧忌，但泗寧縣可不是南雲村，由不得他丈母娘撒潑打滾，到時候若盛子坤從中作梗，事情可能會變得很複雜。

「那怎麼辦？」呂桂蘭急了。「總不能不賣了吧？」

「當然賣。」吳峰道：「但咱們要多做一些，我去縣裡看一下情況，在這之前，能做多少就做多少。」

「好，我們知道了，你放心回縣裡。」呂桂蘭道：「我讓你爹明天就去把所有豬胰子都買來，最好讓齊獵戶家沒有豬胰子能做肥皂。」

「不行。」吳峰搖搖頭。「娘，咱們不能在這附近買，得去遠些的地方買，不然很容易被人猜出來。」

「對對對。」呂桂蘭忙點頭。「你說得對，都聽你的。」

雲老大跟吳峰分頭行動，雲老大去了隔壁鎮收豬胰子，吳峰則去縣裡打聽肥皂的事情。

齊子驍要搭牛車出門，雲宓去送他，正好碰到也要去縣裡的吳峰。

吳峰看到她，笑道：「這不是雲宓嗎？想必這位就是三郎了吧？」

雲宓微微點了點頭，打招呼道：「二姊夫好。」

吳峰上下打量了她一番。以前雲宓面黃肌瘦，說話時不敢看人，總是唯唯諾諾的，不過多久而已，竟然發生了天翻地覆的變化，不僅長高了一些、皮膚變白嫩了，連腦子跟氣質也大不相同。

「看什麼呢？」齊子驍一腳踹在牛車上。

拉車的牛受到驚嚇，往前走了幾步，坐在牛車上的吳峰差點兒跌下來，忙扶住了車轅。

吳峰笑了笑，說道：「看樣子，妳在齊家過得還不錯。」

「廢話。」齊子驍上了牛車，對雲宓揮揮手。「二嫂妳走吧，別在這污了眼。」他對雲老大家的人沒有好印象。

「放心。」雲宓輕聲道：「我回去洗洗眼就好了，不耽誤事。」

齊子驍震驚地看著她，怎麼比他還損呢？

吳峰不是傻子，自然聽出了兩人的揶揄，他在心裡冷笑了一聲，沒跟兩人一般見識，因為他還有更重要的事情要做。

齊子驍和吳峰坐同一輛牛車，到了鎮上後他們又改乘坐馬車，吳峰幾次搭話，齊子驍連眼皮都沒抬一下，明顯不想搭理他。

到了縣裡，兩人先後下車，吳峰一直看著齊子驍進了狀元樓後才轉身離開。

齊子驍一進狀元樓，小六子便迎了上來，熱情道：「這不是齊家三公子嗎？今兒個怎麼有空來了？是不是又有什麼好東西了？」

齊子驍勾住他的肩膀，吊兒郎當道：「你們掌櫃的在嗎？」

「在、在，我去幫您喊。」小六子現在對齊家人可是尊重得很，忙不迭地去找盛子坤。

齊子驍在大堂內坐下，看到許多人桌上都擺著東坡肉，嘴裡還談論著肥皂的事情，不禁與有榮焉。這都是他家二嫂做出來的，二嫂太厲害了，當然了，他二哥更厲害，畢竟他「有眼光」，救了二嫂還娶了她。

點了兩道菜，齊子驍吃到一半時盛子坤匆匆趕來，一見他便喜笑顏開道：「是又有好東西了嗎？」

齊子驍哭笑不得，這掌櫃的跟夥計一樣都太不穩重了。

迅速吃完飯後，齊子驍跟著盛子坤進入雅間，說清來意。

「你想見我家妹子？」盛子坤遲疑道。

「對。」齊子驍點頭。「有筆生意想要跟她談。」

見盛子坤似是有些猶豫，齊子驍皺了下眉說：「可有什麼不妥？」

南文行說過，盛子坤與他妹子的感情很好，既然盛子坤如此重情重義，他家妹子應該也差不到哪兒去。

當然了，這筆生意能不能做成，也要見過那姑娘之後才能下定論。

盛子坤想了半晌，回道：「這事我說了不算，我只能為你們互相引薦，結果如何還要看你們雙方，我可干涉不了。」

他帶著齊子驍往狀元樓對面的知之茶舍走去，才剛到門口卻讓人攔住了，說是縣令大人找他有事，讓他去一趟。

「盛掌櫃辦事要緊，我不急，可以等您。」齊子驍道。

「好，那齊老弟你先去，我很快就過去找你。」

盛子坤跟著來人離開了，齊子驍便自己去了知之茶舍。

此時正值午後，茶舍內的人不少，說書先生醒木一拍，便說起了那仙女與書生月下相逢的故事。

齊子驍要了壺茶水和一盤點心，可那點心吃了一口他就皺起眉，心想還是他的羊奶奶酪好吃。

故事說，仙女與書生情投意合，仙女為了書生違反天條，最後放棄道行，自願留在人間為書生生兒育女，但書生卻很快變心愛上其他女子，仙女傷心過度，最後化成一灣泉水。

臺下眾人鼓掌歡呼，齊子驍卻聽得眉頭緊皺，這仙女是犯傻了吧？

「客官，您要買珠花嗎？」一個十幾歲的小女孩拎著一個籃子挨桌詢問，很快便問到了齊子驍這裡。

這小姑娘身上的衣服破舊不堪，打了很多補丁，一看就是個命苦的。

「多少錢？」齊子驍邊問邊掏出了錢袋。

「十五個銅板一個。」小姑娘見齊子驍肯買高興壞了，忙將籃子裡的各式珠花拿出來給他挑。

這珠花就是給姑娘家用的，齊子驍又沒對象能送，要買也只能買給他二嫂，但由他送又不合適……

齊子驍想了想，覺得他可以買回去給二哥，然後讓二哥送給二嫂。

不過二嫂喜歡什麼款式？二哥會想送什麼樣子的呢？

齊子驍乾脆一口氣挑了五個不同樣式的，打算拿回去給二哥，讓他每天送一個，說不定二嫂一高興，會做更多好吃的。

齊子驍想著，嘿嘿笑了兩聲，掏出錢給小姑娘。

小姑娘連聲道謝後前往下一桌推銷，齊子驍的心思又回到了說書先生身上。

這說書先生看起來跟他爹年紀差不多，留著兩撇山羊鬍，口條挺好，雖說故事內容本身不怎麼樣，但他講起來還是挺吸引人的。

此時身後突然傳來一陣騷亂，伴隨著姑娘家的尖叫聲。

「賣什麼珠花啊，跟著爺回家，爺保妳吃香喝辣。」

「您放開我！放開我……」

「給妳臉了是不是？爺看上妳，是妳的福氣。」

「我不要這福氣，您放開我，讓我走，求求您了……」

齊子驍頭都不用回就知道發生了什麼事，不由得摸了摸眉毛，在心裡告誡自己：忍住，別出頭，千萬別出頭，否則容易出事……

雖然齊子驍一直選擇忽略，然而衣服的撕裂聲伴隨著調笑聲還有姑娘家的哭喊聲，全傳入了他的耳朵裡。

「大庭廣眾之下，你想幹麼啊？」鄰桌有人忍不住開口。

「你想管閒事？」彪形大漢喊道：「城東謝家，是你得罪得起的嗎？」

「把人帶走。」穿著一身華服、體態寬胖的少爺招了招手，彪形大漢便上前按住了那賣珠花的小姑娘。

齊子驍整顆腦袋抵在桌上，內心吶喊著：啊啊啊啊，怎麼辦？管也不行，不管也不行……

就在齊子驍猶豫之間，謝家少爺已經直接帶著賣珠花的小姑娘離開了茶舍，眾人只能眼睜睜看著這一切發生。

有人小聲道：「報官吧？」

「誰敢？這可是謝家少爺，聽說他伯父是在京裡當大官的，縣令才新上任不久，他敢得罪謝家？只怕到時候惹了一身腥。」

「難不成就這麼看著？」

「這小姑娘無父無母，自己帶著一個弟弟生活，一直在這兒賣珠花，真要是有爹有娘的孩子，這謝家少爺也不至於這麼無法無天。」

謝家少爺帶著彪形大漢還有那個賣珠花的小姑娘走了沒幾步，那小姑娘便掙扎起來，謝家少爺便直接把她拽到附近的小巷子裡，將她壓在牆上，威脅道：「好好聽話，少爺讓妳做個姨娘，以後就不用賣珠花了。」

「不要，您放開我，放開我……」小姑娘用力掙扎著，然而她的力氣太小，根本掙脫不了。

謝家少爺的嘴朝她的臉湊了過去，小姑娘撕心裂肺地哭了起來，然而下一刻，她眼前的人卻軟軟地往地上倒去，一旁的彪形大漢頭上也被套了麻袋，暈倒在一旁。

第二十章　上門姻緣

小姑娘嚇得愣怔在原地，連哭泣都忘記了，還未從剛才的驚亂中走出來。

蒙著面、只露出兩隻眼睛的男人對她擺擺手道：「快走吧，最好帶著妳弟弟離開這裡，下一次我肯定幫不了妳。」

小姑娘視線落在他的衣裳上，又落在他的腿上，最後想要跪下道謝，男人卻不耐煩道：「快走，否則等會兒人醒了，我可不招惹這麻煩。」

聽完他的話，小姑娘忙站起來跑走了。

齊子驍對還在地上躺著的兩人踹了兩腳。這要是放在以前，他肯定不會這麼輕易放過他們，然而現在虎落平陽被犬欺，他只能低調行事。

想到這裡，齊子驍轉身就打算離開，卻聽到一陣鼓掌聲自頭頂響起。

齊子驍倏地抬眼，只見半開的窗戶邊倚靠著一個明豔的女子，她笑盈盈地看著他，誇讚了一句。「俠士好功夫。」

聞言，齊子驍摸了摸臉上的面巾，對那女子皺了皺眉，凶巴巴道：「最好別瞎說，不然打妳喔。」

「啊，我好怕啊！」女子佯裝害怕道。

齊子驍不知該怎麼反應。這女子長得挺好的，就是腦子不太正常。他沒再理她，趁著謝家主僕還沒醒過來，馬上走人。

剛回到茶舍門口，齊子驍就看到盛子坤回來，盛子坤看到他，忙對他招手道：「來，三郎，我帶你去見我家妹子。」

盛子坤帶著齊子驍進入茶舍，上了樓，走過一條長長的走廊後來到一個雅間外，盛子坤敲了敲門，喊了一聲。「心月，妳在嗎？」

「進來吧，哥哥。」裡面傳出一道輕柔的聲音。

盛子坤推開門，帶齊子驍走了進去，隨著房門打開，一陣幽香傳來，倚靠在窗邊的女子回過身，她看到齊子驍，視線落在他的腿上，挑了一下眉。

齊子驍心裡打了個突，還真是巧啊……

「這位是齊家三郎。子驍，這是我家妹子，心月。」盛子坤為兩人互相介紹，然後又道：「心月，三郎這次來是想跟妳談筆生意。」

「談生意？」盛心月走到桌前坐下，並讓侍女上一壺好茶。

齊子驍很確定盛心月認出他來了，剛才他急著幫人，沒換衣裳，只用一塊面巾蒙住了臉，而且他所有的注意力都放在謝家主僕身上，卻忽略了樓上的動靜，要是被二哥知道他這麼不小心，一定會罰他的。

只見齊子驍態度冷靜自持，彎腰拱手道：「盛小姐好。」

盛心月靜靜看著他，笑而不語。

見狀，盛子坤趕忙招呼起齊子驍。「來，三郎，這邊坐。」

眾人落坐後，盛心月突然道：「我好像在哪兒見過你。」

齊子驍垂眼道：「盛小姐可能記錯了。」

「是嗎？」盛心月托著腮瞧著他。「我記得上個月吧，好像在茶舍門口見過你。」

齊子驍平靜地回道：「喔，那有可能，當時我好像還是個要飯的。」

盛心月「嘖」了一聲道：「齊三公子挺愛開玩笑的。」

齊子驍面無表情地說：「沒開玩笑，我一向都很嚴肅。」

盛子坤在一旁聽著，越聽越覺得這兩人的談話越來越偏，正好侍女進來送茶，兩人的談話便告一段落。

侍女退下後，盛子坤便道：「三郎，你有什麼事情要跟我家妹子談？」

齊子驍現在有些猶豫，他不想談了，想走人。

盛心月執起茶壺，親自替齊子驍斟了杯茶，說道：「齊三公子但說無妨。」

齊子驍想了想，還是將帶來的幾塊豬油皂拿出來交給盛子坤和盛心月，兩人都露出了驚訝的表情，盛子坤更是激動道：「三郎，你說這也是肥皂？」

「對。」齊子驍點了點頭。

盛子坤把玩著手中細膩柔滑的肥皂，讚不絕口。「雲掌櫃果真奇才。」

至於盛心月，她拿起肥皂放到鼻間聞了聞，這塊奶白色的肥皂帶著淡淡的花香，還夾雜著一絲甜甜的味道，她從未見過這種東西。

「那雲掌櫃和齊二公子打算與我家小妹如何合作？」盛子坤焦急地問道，這可是筆穩賺不賠的大生意。

齊子驍說出齊淮的打算，盛子坤聽後連連點頭道：「齊二公子真應該去經商啊，那副病骨拖累了他。」

「不知盛小姐意下如何？」齊子驍看向盛心月。

盛心月爽快地點頭道：「當然可以了。」

齊子驍本以為還要在價錢上來回拉扯一番，但沒想到盛心月竟然如此痛快，心下對她有所改觀，便站起身端起茶杯朝她舉了舉道：「望盛小姐日後多多關照。」

「不急，我還有個條件。」盛心月不慌不忙道。

「條件？」齊子驍看了盛子坤一眼。

盛子坤喝著茶，眼觀鼻、鼻觀心，一副「我什麼都不知道，你們談」的樣子。

「盛小姐說來聽聽。」齊子驍隱隱覺得有些不妥。

「嗯……」盛心月雙手托腮，笑咪咪對齊子驍眨了眨眼。「齊三公子，只要你娶了我，這買賣怎麼談都行，我一分錢都不要也可以。」

「噗！」

盛子坤一口茶全噴到了齊子驍衣裳上，齊子驍目瞪口呆，盛子坤則被嗆得咳嗽不止。

齊子驍不可思議地看著盛心月道：「妳說什麼？」

盛子坤也喝斥道：「心月，莫要胡說。」

誰知盛心月卻是聳聳肩說：「我沒胡說。哥哥，我要讓他做我相公。」

「胡鬧。」盛子坤拍了一下桌子，皺眉道：「心月……」

「我要他娶我。」盛心月仰著頭，目光毫不退怯地看著盛子坤，一字一句地說：「哥哥，我看上他了。」

盛子坤眉頭蹙得死緊，好半天後轉頭看向齊子驍。

齊子驍整個人已經徹底懵了。這是什麼情況？盛家小姐是腦子有毛病嗎？

「盛、盛、盛掌櫃……」齊子驍結巴著向盛子坤投去了求助的視線。

盛子坤拍了拍齊子驍的肩膀道：「三郎，你自求多福吧。我還有事，先走了。」

這話說完後，盛子坤眨眼便不見了人影，留下齊子驍張大嘴巴看著盛心月……誰能告訴他，這到底是什麼情況？

盛心月倒是輕鬆自在地說：「齊三公子別緊張，我叫盛心月，是這家知之茶舍的掌櫃，我今年十八歲，沒嫁過人，今天看上你了，你娶了我吧。」

過了好一會兒，齊子驍才理解盛心月話語中的意思，深深吸了口氣。「盛、盛小姐是吧，抱歉，我配不上妳，妳還是另覓良婿吧。」

「配不上沒關係啊，我看上你就行了。」盛心月的視線自上而下從齊子驍身上掃過，很滿意地點了點頭。「雖然瘦了點，氣色也不是太好，但養養應該還不錯。」

齊子驍不說話了。養他？他實在按捺不住，要罵人了。

盛心月懶懶地靠著椅背，臉上依舊掛著淺淺的笑容道：「你放心吧，娶了我之後我會對你好的，你剛才說的生意也全權由你作主，怎麼樣，娶我你不虧的。」

齊子驍搓了搓臉，強迫自己冷靜下來，說道：「那什麼，這位姊姊，我不只比妳小兩歲，我還有腿疾……」

盛心月聞言起身來到齊子驍身邊，纖細的手搭在他的肩膀上，輕聲道：「放心吧，我不在乎。」

那股幽香襲來，齊子驍猛地往後退，怒目圓睜道：「妳不在乎，我在乎啊！」

盛心月笑了起來，說道：「你還真是挺有意思的，我現在更想讓你娶我了，跟你成親一定很有趣。」

齊子驍臉一黑。這是逼婚啊！他轉身就跑，這女人太可怕了，先跑為敬。

盛心月看著落荒而逃的齊子驍，撐著門板笑個不停，若說方才說要嫁給他是開玩笑，那麼現在她是真的想嫁給他了。

這人不只有俠義之心，還相當有意思，跟他成親一定會很開心的。

齊子驍從知之茶舍跑出來時，天已經黑了，他在街上買了幾個包子然後蹲在路邊吃，邊吃邊唉聲嘆氣。這都是些什麼事啊，買賣沒談成，他要怎麼跟二哥交代？難不成要說自己被女人給強迫了？

「公子，給口吃的吧，我們已經三天沒吃飯了……」一個小乞丐帶著幾個小乞丐圍了上來。

齊子驍輕輕一瞥道：「騙誰呢？我也是當過乞丐的人。」

幾個小乞丐打量他一番，還真認出了他，領頭的小乞丐不由得好奇道：「哥兒們怎麼混的啊，發財了？」

「不是發財了。」齊子驍將幾個包子分給他們。「找著爹了。」

小乞丐們有些羨慕地說——

「喔，原來有家人啊。」

「你命太好了。」

「還行吧。」齊子驍撐著下巴，若有所思道：「你們知道知之茶舍那位盛家小姐嗎？」

領頭的小乞丐回說：「知道啊，她可太有名了。」

齊子驍倏地看向他，說道：「說來聽聽。」

那個小乞丐將包子塞進嘴裡，又對齊子驍伸出手，齊子驍便又一人各分了個包子。

小乞丐這才喜笑顏開道：「那盛家小姐長得美，家世也好，但性情古怪，你看哪家小姐拋頭露面開茶舍的？偏偏這盛家小姐就是這麼讓人詫異，而且好多富家子弟因為她漂亮而上門提親，可你猜她怎麼說？」

「怎麼說？」齊子驍被勾起了好奇心。

小乞丐咬了一口包子，對他挑挑眉道：「那盛家小姐說，只要那些求親的人肯為了她打斷自己的一條腿就嫁給他，可誰會為了娶個姑娘打斷自己一條腿呢？所以，她到了十八歲也沒嫁出去。」

齊子驍恍然大悟。這姑娘怕不是喜歡瘸腿的？自己是因為瘸腿才入了她的眼？

思及此，齊子驍猛地站起來。他得快點湊齊藥材，趕緊讓二嫂幫他治腿。他跑了幾步，又走了回來，小乞丐們都仰著臉看他。

齊子驍蹲回去，從錢袋裡掏出幾塊碎銀子往上拋，領頭的小乞丐湊了過來道：「說吧，有什麼需要我們做的。」

「跟我來。」齊子驍帶著幾個小乞丐趁著夜色來到了吳峰的家門口，對小乞丐們道：「幫我盯著這家的男主人，看他都跟哪些人見面，記下來告訴我。」

「盯著他幹麼？你跟他有仇？」那小乞丐問道。

「問這麼多幹麼，到底賺不賺銀子？」齊子驍踹了那小乞丐一腳。

「賺，怎麼不賺。」他點點頭。

齊子驍拋了一塊碎銀子給他道：「剩下的等事成後再給。」

交代完事情之後，齊子驍找了一家客棧住下，翌日把整個縣裡喝茶、聽戲的地方跑了個遍，知之茶舍不行，總歸有其他的能代替，又不是非那裡不可。

傍晚時，那小乞丐來到齊子驍下榻的客棧匯報了吳峰今天一天的行程。吳峰一天都沒閒著，幾乎跑遍了泗寧縣大大小小的雜貨鋪子，最後還去了碼頭，在一個行商那邊待了不少時間。

「看清楚那行商長什麼樣子嗎？」齊子驍問。

「不只看清楚了，還幫你把他們的談話都聽仔細了。」小乞丐對他眨眨眼。

「行啊！」齊子驍詫異地看著他。「你叫什麼名字？」
「大家都叫我小四。」
「小四。」齊子驍勾著他的肩膀，也不嫌棄他身上的異味。「說來聽聽。」
小四嘿嘿一笑，朝他伸了伸手，齊子驍「嘖」了一聲，給了他一塊碎銀子。
將碎銀子收進懷裡，小四這才道：「吳峰去了商船那裡，那裡有個姓柴的行商，吳峰將一塊黑乎乎的東西交給他，那姓柴的就把他請入船內，我趁人不注意溜了上去，貼著窗戶根聽了個清楚明白。」
姓柴的？不會是柴武軒那個好色之徒吧？
「他們說了什麼？」齊子驍問。
「那吳峰跟姓柴的行商簽了契約，說是會在十天內交出五千塊肥皂……最近肥皂可是極受歡迎，吳峰會做肥皂嗎？這不是雲記的東西？」小乞丐絮絮叨叨的。
齊子驍興奮極了，這可真是踏破鐵鞋無覓處，得來全不費工夫啊！二哥還在想著怎麼給吳峰設局，這吳峰倒是先幫自己挖了個坑。
五千塊肥皂？齊子驍嘿嘿陰笑，這次就讓雲老大家把當初賣二嫂的錢都吐出來。
「辛苦了。」齊子驍拍拍小四的肩膀，又扔了兩塊碎銀子給他。
「謝謝公子，以後有事你都能找我，我保證幫你辦得妥妥帖帖。」

齊子驍又在客棧裡住了一夜，翌日跑了兩間藥房買齊了雲宓要的藥材後，才啟程回南雲村。

一路上，齊子驍都在思考著要怎麼向齊淮說明知之茶舍的事情，按照之前約定的，要是跟知之茶舍談妥了，就能讓說書先生上場，但現在……

二哥一定會覺得他很沒用的。齊子驍不禁長嘆一口氣。

到了南雲村，齊子驍拎著買回來的東西一瘸一拐往家走，路過新房子那裡時，齊朗看到他，便從屋頂上跳了下來，滿頭大汗地走過來說：「回來了？」

齊子驍垂頭喪氣地點點頭道：「回來了。」

「這是怎麼了？」齊朗在他腦袋上摸了一把。「走，回家，你二嫂說給你做好吃的。」

聽到家裡有好吃的，齊子驍眼前一亮，但想到自己沒辦好事情，神情又有些萎靡。

兩人一同返家，還沒到呢，齊子驍就看到一輛華麗的馬車停在自家門口。

「咱們家有客人？」齊子驍問。

「好像是縣裡的人，說要找你二哥跟二嫂談事情。」

「喔。」齊子驍進了家門喊了一嗓子。「二哥、二嫂，我回來了！」

「三郎，你回來了。」雲宓從屋內跑出來，雙眼散發出光芒。

齊子驍戒備地後退一步。「二嫂，妳想幹麼？妳知道妳現在什麼樣子嗎？」

「爹，有人來咱家提親了。」雲宓沒理他，興奮地對齊朗說道。

「提親？」齊朗皺眉。「提什麼親？咱們家又沒有丫頭。」

「是，咱們家是沒丫頭。」雲宓神秘兮兮地笑。「但是咱們家不是有三郎嘛。」

「我？」齊子驍指著自己的鼻子，皺著眉道：「這跟我有什麼關係？難不成有男人看上我了？看我不打死他！」

齊子驍怒氣沖沖地往屋內走，一進門就看到了坐在桌旁的盛心月。他太過震驚，以至於步伐錯亂，被門檻絆了一下，直接一個踉蹌趴在盛心月面前的桌上。

盛心月笑盈盈道：「不過一日未見，齊三公子不必如此熱情。」

齊子驍猛地站了起來，不可置信地指著她說：「妳妳妳……妳怎麼會在這兒?!」

「我來提親啊。」盛心月坦然道。

齊子驍倒吸了一口涼氣。這女人到底是怎麼想的，自古以來，哪有女人跟男人提親的？

「二、二嫂，妳掐我一把，看我是不是作夢？」齊子驍對著雲宓伸出了胳膊。

雲宓拍了拍手，毫不猶豫地一把擰了上去，齊子驍疼得喊了出來。「讓妳擰妳還真擰啊？」

「你說的嘛，我自然要成全你。」雲宓推開他，來到盛心月面前，將羊乳茶往前推了推。「盛小姐，喝茶。」

「謝謝二嫂，這很好喝，我從未喝過這麼可口的茶。」盛心月客客氣氣道。

「妳喜歡喝以後就常來喝。」雲宓對盛心月的印象相當好，這姑娘不只長得好看，還有勇氣，哪怕是現代，她也沒怎麼見過女子去男子門上提親的，她這穿越而來的都不如盛心月這般有魄力。這姑娘，她喜歡。

「那以後就叨擾了。」盛心月道。

見兩人相談甚歡的樣子，齊子驍急了，一把拽開雲宓將她推到齊淮身邊道：「二哥，你看好二嫂，二嫂妳別搗亂。」

雲宓一個沒站穩直接摔進齊淮懷裡，齊淮摟住她的腰將她扶了起來，雲宓忍不住對齊子驍皺了皺鼻子。

齊子驍雙手撐在桌上，凶巴巴地看著盛心月道：「我告訴妳，我是不可能嫁給妳的。」

盛心月眨眨眼道：「我沒想娶你啊。」

「那妳還不走？」齊子驍感覺自己快氣得頭頂冒煙了。

「不是你要嫁給我，是我要嫁給你，你……」盛心月伸出蔥白細長的手點了點齊子驍的胸口。「娶、我。」

齊子驍的臉瞬間脹紅。真是丟死人了！

「哈哈哈哈……」一旁的雲宓笑出了聲，卻被齊子驍一個冷眼橫掃，雲宓便靠近齊淮，哼哼唧唧道：「齊二哥，三郎瞪我。」

齊淮無奈地嘆了口氣，開口道：「三郎，要不然你帶盛小姐去隔壁房間，你們好好談談。」

只見齊子驍往凳子上一坐，沒好氣地說道：「沒什麼好談的，我不會娶她。」

「這樣啊……」盛心月想了想，問他。「那要怎麼樣你才會娶我？」

「我怎麼樣都不會娶妳的，我不想娶妻，也不會娶妳。」

眼見兩人的談話就要陷入僵局，雲宓忙走過去推開齊子驍道：「一邊待著去，長嫂如母，這事由我來談。」

——未完，待續，請看文創風1166《香氛巧廚娘》下

2023年5月出版

富貴閒中求

文創風 1163～1164

重生後的明秋意，只想甩開那些後宮爭鬥，
她躲到鄉下的莊子，圖個耳根清淨，
可那些貴女不放過她，連同父異母的妹妹都要踩她一腳，
唉！怎麼往上爬難，當個平凡人更難！

夫妻機智在線，強強聯手除惡 ／清圓

上輩子明秋意汲汲營營，機關算盡，坐穩皇后之位，
可到頭來皇帝不愛，女兒不親，最終含恨而死。
重生後，明秋意覺醒了，宮中愛恨如浮雲，
人生苦短，她何不及時享樂，躺平當鹹魚？
首先，她得先砸壞自己的名聲，才不會被選入皇宮！
上輩子她是人人誇的才女，這輩子她就當個人人嫌的剩女，
扮蠢、扮醜、裝病樣樣來，太子會看上她才怪呢！
太子不愛甜食，她偏要送去一份栗子糕惹他厭棄，
誰知她打好各種如意算盤，反倒被最不著調的三皇子穆凌寒惦記上，
這位三皇子說來也怪，每天吊兒郎當，卻能寫出一手好字，
眾人都說他是廢柴，可他的行事作風又似有一番條理，
更讓她摸不透的是，明明罵她醜還嫌她眼睛小，卻偏偏說要娶她，
莫不是三皇子跟她一樣，有什麼深藏不露的秘密？

家有醫妻，春好月圓／六月梧桐

娘子有醫手

就算沒了頂梁柱，誰也別想欺負她家的人。
她的一手好醫術，定能替他們撐起一片天來！

文創風 1159 1

莊蕾傻了，她堂堂學貫中西的名醫居然穿書變成被爹娘賤賣的童養媳，
疼愛她的公爹與準未婚夫橫死，而婆婆養大的假小叔原是安南侯之子，
換回來的真小叔陳熹卻是藥罐，加上和離的小姑，說起來都是淚啊……
幸虧她的醫手好本領跟著穿來，還開廚藝外掛，治好陳熹和縣令夫人。
可娘家人再度將她賣入遂縣首富黃府當妾，對方竟是下不了蛋的弱雞，
當家老夫人亦頑疾纏身，若醫好他倆，豈不保住清白又得首富當靠山？

文創風 1160 2

成為遂縣首富和縣令夫人的救命恩人後，莊蕾的小腰桿終於可以挺直，
坐穩藥堂郎中的位置不說，還幫婆婆和小姑開了間主打藥膳的小鋪子，
獨門的瓦罐煨湯可是美味兼養生，路過看過絕不能沒嚐過呀～～
又有小叔陳熹在開店前畫圖監工，開店後跑堂打下手，堪稱得力隊友！
孰料新的難關又至，名將淮南王因兒子罹患腸癰命在旦夕，上門求醫，
剛製出的抗生素青橘飲派上用場，西醫前進古代的創舉就交給她吧——

文創風 1161 3

研發成藥的藥廠開業在即，莊蕾卻遇襲險些沒命，這才恍然大悟——
僅倚仗遂縣人脈無法護得全家平安，便和陳熹赴淮州向淮南王求庇護。
陳熹亦得淮南王青眼，連世子伴讀的位置都替他留好，又有王妃力挺，
讓她替豪門女眷治療婦科隱疾，未來建綜合醫院的第一桶金便有著落！
醫世大計漸上軌道，莊蕾為淮南王訓練軍醫，須生產更多藥品救人，
這對缺乏科學儀器的古代來說可是大難題，她該怎麼突破這道關卡呢？

文創風 1162 4 完

莊蕾前往杭城醫治受子宮病症所苦的布政使夫人，居然惹來一身腥，
幸虧淮南王的暗衛救下她免於受辱，可隨之而來的軍報令她錯愕——
淮南王遭敵軍射傷命危，她都還來不及喘口氣，便提著藥箱趕赴急救，
總算從閻王手裡搶回人命，而她也因禍得福，被淮南王夫妻收為義女。
陳熹高中案首，陳家歡喜喬遷，他還為她設計了秋千，讓她暖到心裡。
她本已為家人絕了再嫁的心思，若對象是陳熹，會不會是個好選擇呢？

為流浪貓狗加油 和貓寶貝 狗寶貝 廝守終生(一定要終生喔！)的幸福機會

對人來說，貓寶貝狗寶貝只是生活的一部分，但妳（你）對牠們來說，卻是生活的全部，領養前請一定要考慮清楚——

▲ 我家也有姊妹拍檔——妮妮和娜娜

性　　別：女生
品　　種：米克斯
年　　紀：約1歲半
個　　性：妮妮活潑好動、娜娜文靜害羞
健康狀況：已結紮，已施打三合一疫苗，體內外驅蟲，貓瘟皆陰性
目前住所：新北市中和區

本期資料來源：李小姐

『妮妮和娜娜』的故事：

先前協助一位住院愛媽餵食浪浪，並順便把幾隻貓咪抓起來結紮，準備要原放的過程中，發現有兩隻貓對人類比較親近，就在中途愛媽的協助下，決定留在中途親訓找家，並取名為妮妮和娜娜。

姊姊妮妮，很活潑愛玩，最近很愛邊喝水邊玩水，打算夏天時買一個充氣游泳池給牠盡情玩水；妹妹娜娜，有條特別的麒麟尾，個性呆萌，相對容易緊張、膽小。姊妹倆的個性不太一樣，不過感情非常好。

妮妮和娜娜在中途已待了一段時間，平時乖巧好照顧，生活作息很規律，玩耍、吃飯和休息，簡單並樂在其中。但因曾受貓媽媽「愛的教育」影響，儘管有心親近人類，要能摸能抱還需要一點時間，目前正在上相關課程並持續進步中。

兩姊妹想要共同有個溫暖的新家，不過不勉強，若是希望單獨認養，都可以聊聊！請先向李小姐預約看貓，Line ID：dianelee0817，相信您第一眼看見妮妮和娜娜，絕對會愛上這兩個寶貝！

認養資格：

1. 認養人須年滿23歲，有穩定的經濟基礎，並先提供住家照片，後續以視訊或家訪的方式評估。
2. 不關籠、不放養，不可餵食人類的食物。
3. 須同意簽認養寵物切結書。
4. 須同意送養人日後之追蹤探訪，希望彼此能加Line，不定時主動提供貓咪近況照片或影片，對待妮妮和娜娜不離不棄。

來信請說明：

a. 個人基本資料：姓名、性別、年齡、家庭狀況、職業與經濟來源等。
b. 想認養妮妮和娜娜的理由。
c. 過去養寵物的經驗，及簡介一下您的飼養環境。
d. 若未來有結婚、懷孕、出國或搬家等計劃，將如何安置妮妮和娜娜？

文創風 1165

香氛巧廚娘 上

國家圖書館出版品預行編目資料

香氛巧廚娘 / 九葉草著. --
初版. -- 臺北市 : 狗屋出版社有限公司, 2023.05
冊 ; 公分. --（文創風 ; 1165-1166）
ISBN 978-986-509-424-9（上冊 : 平裝）. --

857.7　　112004930

著作者	九葉草
編輯	連宓均
校對	陳依伶
發行所	狗屋出版社有限公司
地址	台北市104中山區龍江路71巷15號1樓
電話	02-2776-5889～0
發行字號	局版台業字845號
法律顧問	蕭雄淋律師
總經銷	知遠文化事業有限公司
電話	02-2664-8800
初版	2023年5月
國際書碼	ISBN-13　978-986-509-424-9

本著作物由北京晉江原創網絡科技有限公司授權出版

定價280元

狗屋劃撥帳號：19001626

網址：love.doghouse.com.tw　E-mail：love@doghouse.com.tw